U0750294

绿地文学丛书

阅读留言

高耀山 著

黄河出版传媒集团

阳光出版社

图书在版编目（ＣＩＰ）数据

阅读留言 / 高耀山著. --- 银川：阳光出版社，
2013.8
（绿地文学丛书 / 高耀山主编）
ISBN 978-7-5525-1007-2

Ⅰ．①阅… Ⅱ．①高… Ⅲ．①文学评论－中国－当代
－文集 Ⅳ．①I206.7-53

中国版本图书馆CIP数据核字(2013)第203270号

绿地文学丛书 高耀山 主编
阅读留言 高耀山 著

责任编辑 冯中鹏
封面设计 邱雁华
责任印制 郭迅生

黄河出版传媒集团 **出版发行**
阳 光 出 版 社

地　　址	银川市北京东路139号出版大厦 （750001）
网　　址	http://www.yrpubm.com
网上书店	http://www.hh-book.com
电子信箱	yangguang@yrpubm.com
邮购电话	0951-5044614
经　　销	全国新华书店
印刷装订	银川市开创广告印刷有限公司
印刷委托书号	（宁）0015449
开　　本	880mm×1230mm　1/32
印　　张	7
字　　数	150千
版　　次	2013年8月第1版
印　　次	2013年8月第1次印刷
书　　号	ISBN 978-7-5525-1007-2/I·356
定　　价	298.00元（全十册）

版权所有　翻印必究

自　序

　　打发《阅读留言》出门的时候，本不想再说什么。又一想，不交代几句，读者怎晓得你葫芦里卖的什么药？

　　这是一本书评书序集，属于文学批评。

　　文学批评不是一件简单的事情，首先是批评的标准问题。批评标准随着时代的变化也在发生变化，批评家不能固守旧的标准，应具有前瞻性和探索性。其次，必须以具体的作品为中心，从文本出发，在细读作品的基础上做及物的扎实的评论。第三，好的批评并不是看它是肯定还是否定，而在于它有什么新的发现，特别是发现作家的创造性、作品中的审美元素和美学经验；在于是否敢讲真话，发出自己真实的声音。

　　我是以读者和作家的双重身份"留言"的。作为读者，我希望看到好的作品；作为作家，则不仅看作品的"热闹"，还要看它的门道和意义。遗憾的是这两种角色

我扮演的都不尽如人意。好在我没有说假话，基本明白自己应该放弃什么坚持什么。

　　现在和今后，阅读与创作仍然是我的爱好。不过，我尽量做到多阅读少留言，不难为别人，也不勉强自己。

作　者

2013年5月19日

目　录

方家留言

我 的 留 言

《中国当代微型文学作品选》序

市场经济在激励作者创作积极性的同时，也助长了一些人急功近利、浮躁敷衍的文风，篇幅越拉越长，字数越码越多，十几万几十万字的大部头作品，用不了多少时日便出笼了。尤其长篇小说的创作到了炙手可热的程度。进入新世纪以来，每年以八九百部的速度付梓行世，而且愈演愈烈，大有摧枯拉朽所向披靡之势。如此形势正应了一句俗语：萝卜快了不洗泥。那些快速高效之作，大多思想肤浅，观念奇异，逻辑混乱，文字粗糙，给人总的印象是：长而无味，浅陋苍白。

说到这儿，就和短文有了联系。文贵精短。古今中外许多名家都倾心于精短作品的创作，王羲子、韩愈、蒲松龄、鲁迅、冰心、孙犁、都德、莫泊桑、欧·亨利、契诃夫……他们的精短作品和他们的名字一样，历久不衰，熠熠生辉。当然，作品的好坏不完全以长短而定论，关键看写得怎样。但创作别忘了读者，别脱离时代。在当今这个快节奏、高速度、时间就是金钱和生命的时代，精短作品最合时宜，也最赢得人们的喜爱。从这个意义上讲，只有把作品写得短些、精些，贴近时代，贴近生活，贴近群众，好看，耐看，读者

才肯买账，才有广阔的市场。那些动辄洋洋万言，寡谈乏味的作品，有多少人去看。

　　缘此，我们编辑了这套《中国当代微型文学作品选》，意在满足广大读者的阅读需求，并提倡创作精短作品的文风。入选作者虽然不是大红大紫的时代宠儿，其作品也不都是精致精美，有的甚至显得稚嫩粗浅，但却篇篇短小，风格迥异，匠心独具。读起来轻松省时，读后颇有鲜味。我相信，读者读了这部作品选，会有比我更精当的评价。

（2003年11月15日）

正是春风化雨时

——《九州》创刊词

　　春回大地，春耕春播开始了，我们也不违农时，开垦出一块文学园地——《九州》。真所谓田野春光真好，文苑气象更新。

　　本来，银川早就有了一份颇具实力颇有品位的刊物——《黄河文学》，多年来，发表了许多名家名作，培养了许多文学新秀，获得了许多赞誉奖励，影响日益扩大，来稿日见增加。然而，《黄河文学》尽管每期发稿量十七八万字，却仍有不少好稿发不出去，只好忍痛割爱。为了满足作者和读者的需求与呼声，我们决定创办《九州》，作为《黄河文学》领域的拓展，以增加版面，丰富内容，再造一片新天地。

　　当然，《九州》并非《黄河文学》第二，既然另立门户，就有自己的独立性和特色。即在保持文学这一基本面貌的同时，尽量文化一些，宽泛一些，具体操作过程做到两个突破：一是突破纯文学期刊内容仅局限于小说、散文、诗歌、评论四大类的框子，选发稿件力求"杂"而新，具有时代性、艺术性、可读性、趣味性；二是突破只发作者原创稿件的框子，辟出一定面版，摘发诸家报刊书籍发表过的精彩

作品，供读者欣赏品味，从"选萃"中得到浓郁的美感和艺术享受。因此，我们拟定了十几个栏目，如小说世界、散文平台、诗歌绿洲、名家新作、文史浏览、文苑畅谈、校园文萃、微型大观、时代纪实、随笔杂谈、华夏采风、纵横论坛、书画长廊，等等。春天是生命的季节，生命在春天里充满激情，充满活力，充满憧憬；春天也是文学的季节，文学在春天意味着创造，意味着新生，意味着希望。春天绽放的每一片叶，每一朵花，每一根枝条，经过春风春雨的洗礼，都会成为一个好故事，一首好诗，一篇好文章。

《九州》在春光明媚的日子创刊了，春耕春播正当时，我们不负大好春光，不忘时代重托，一定尽心尽力务劳好这块园地。

把握了农时，就把握了收成。

（2004年2月25日）

文如其人自成体

——读《咀嚼荒谬》

严格地说，《咀嚼荒谬》不是小说，大家知道，小说是美丽的谎言，虚构是小说的灵魂和生命。而《咀嚼荒谬》没有虚构，没有谎言，是吴江苦难经历的真实记录。我们为什么非要把它归属于小说，把真的说成假的呢？除了小说，其他体裁的文学作品写好了同样可以洛阳纸贵。我是把它作为自传体纪实文学来读的。读的过程，就像跟老朋友吴江推心置腹的聊天儿，无拘无束，自然而亲切。由不住跟着他喜怒哀乐，感叹唏嘘。

吴江为人，坦率真诚，自强坚忍，豁达大度。文如其人，他的《咀嚼荒谬》也是这样，具有率真、自强、超脱等特点，加上他的特殊经历所积累的丰富素材，娴熟的运用语言文字的能力，以及对事物的深刻认识和分析，凑到一块儿，就有了与众不同的文体风格。他这样自成一体的文风别人写不出来，也模仿不出来。

先说率真。吴江的文风，跟他平常说话一样，开门见山，直言快语，而且有胆有识。在狠抓阶级斗争的年月，在被荒谬所包围的情况下，他作为一个有问题的人，竟然敢跟

白总争辩，甚至敢顶撞。几十年过去了，现在他又如实地写出来，展示给后人。由此，我看见了苦难环境中一位知识分子刚直不阿的品德和不懈抗争的精神。文和人的一致性非常重要，从文章可以看出作者的人格，作者的形象。类似《咀嚼荒谬》内容的作品我读过一些，都不及吴江这部耐读。不是他们文字功夫不好，也不是技巧不高，而是写得有些虚，有些假，关键是缺少率真的人格力量，缺少真实的生活素材。张爱玲有句精辟的话：生活比小说更传奇。这是千真万确的。作家只有写生活，才能保持住文学最宝贵的品质——真诚，只有写生活，才能避免胡编滥造之风。生活永远是文艺创作的不竭源泉，吴江的生活丰富，经历跌宕，这为他的创作提供了大量的独特的素材，可以信手拈来，创作出具有震撼力、感染力的大作品。那些缺少生活素材而编出来的故事情节怎么能比得上它真实生动呢？

再说自强。男儿当自强，吴江的确是一个自强的男儿，也是一个敢向命运挑战的人，用通俗的话说，是个拴在石头上也困不死的人。厄运逼迫他一路下跌，从京城中央机关贬谪到偏僻艰苦的宁夏，从报社记者降为商业职工，最终开除公职，从城市"迁赶"回老家农村。一般人遭此接二连三的打击，很可能会一蹶不振，甚至毁了自己。而吴江非但没有倒下，打击与凌辱反而坚定了他与邪恶搏斗、与困难较量的决心。他说，"我管它娘个命运是个什么玩意儿"，"哪怕最终我会像堂·吉诃德那样被打得头破血流、遍体鳞伤也在所不惜"。他"总觉得光环照在身上，从不萎靡"。于是，除了申诉不白之冤，他把主要精力放在养家糊口上，他学会了劁猪、夜钓、织布、裁缝等手艺。吴江62岁退休，按理说，受了大半辈子苦难，该颐养天年，享清福了。但自强不息的吴江又踏上了第二次创业的征途，先是给某企业单位当办公室主任，后又到银川晚报社任编辑，眼下还在宁夏广播电视报搞编校。更让人佩服的是，他宝刀不老，笔耕不辍，不断有新作力作问世，70岁以后居然写出了20万言的长篇巨著。这需要多大的毅力和精神啊。

　　第三说超脱。《咀嚼荒谬》是吴江坎坷命运的记录，按理说，作者受了那么大苦难和冤屈，现在回忆起来，诉诸文字时，免不了情绪化，激动来气，甚至义愤填膺，口诛笔伐。然而，吴江却非常冷静。行文走笔不发火，不宣泄，实话实说，从容道来。由此可见，吴江是一位宽厚善良、超脱豁达之人，也是一位"不以物喜，不以己悲"，"宠辱皆忘"之人。这种思想境界、超脱情怀，不是人人都具备的。俗话说，世事洞明皆学问，人情练达即文章。吴江和他的《咀嚼荒谬》正是这句话的体现。吴江很少悲观，遇事持积极乐观态度，就像《易经》说的那样，他永远站在天亮那边看人生，今天太阳落山了，但夕阳无限好，只是近黄昏而已，不要悲观，过上12个钟头，鲜红的太阳又从东方出来了。那么，吴江为什么又要写这部书呢？显然，他不是为了名和利。他的意图在"附言"里说得很明确："一是为了备忘。二是为了忘却。"备忘，是让年轻的一代永远不要忘记那场史无前例的大悲剧，防止历史悲剧重演；忘却，是作者的宽容超脱，他懂得退后一步天地宽，不背包袱，轻装前进。一位多么可爱的老知识分子啊！自己的一切可以舍弃，而中国文学拥有的"感时忧国"的传统不能丢，"文以载道"的精神不能丢。他以强烈的责任感、使命感，以刻骨铭

心的感受和盎然的激情，为后人留下了一部既具有史料性、艺术性，又富有启示性的沉重之作。

最后，我希望吴江老兄干慢点，少写点，这部书已经安慰了你的灵魂，可以俯仰无愧天地了。让经历了沧桑的心，去享受平静生活的温润，度过一个"满目青山夕照明"的晚年。

（2005年2月11日）

执著的追求

——序《走在乡愁的路上》

　　2004年7月19日下午，我刚上班，办公室就走进一个人。我抬头仔细看：是一位高个青年，眉清目秀，面容和善。他仿佛刚从田野里走来，风尘仆仆，手提着一只塑料袋，鼓鼓囊囊装了一摞书稿。

　　今天气温高达32℃，我这间面向骄阳的屋子被烤晒得如蒸笼一样闷热。高个青年劈头盖脸的汗水，也不去擦，只定定地望着我，欲言又止，显得腼腆而不好意思。我看出来了，他是来投稿的。我让他坐下。经过询问，才弄清了原委：他叫杨贵峰，回族，32岁，是灵武市郝桥教委教师，酷爱文学，参加工作后，坚持业余创作已有七八年时间。写诗写散文也写小说，时有作品见诸报刊，日积月累，成果颇丰。现在挑选出100多篇（首），近20万字，准备出一本集子，书名叫《走在乡愁的路上》。稿子已经送印刷厂，特意来请我为他的新作写篇序言。

　　杨贵峰言语极少，几乎是我问一句他答一句，我对他的经历和创作情况不甚了了，时间又这么急促，怎能写出一篇序言？我便一再推辞，他却再三恳求。他做人的诚实和创作

的执著深深地感动了我，便答应下来。他如释重负，立即站起身，连连说谢，放下塑料袋，告辞出门。我看他整个脊背都被汗水浸湿了，心里倏然涌起一股热流。

说实话，突击为一位素不相识又未读过其作品的业余作者写书序，是件非常冒险的事。然而，既然答应了人家，就不能食言。于是，我马上开始阅读杨贵峰留下的书稿……

《走在乡愁的路上》是一部丰厚的文学专著，选入小说10篇，散文12篇，诗歌77首，数量相当可观。行话说，没有数量就没有质量。其实多数量未必就能产生高质量，但没有一定的数量，想要高质量显然是不行的。杨贵峰深谙此道，因而创作十分投入，非常卖力，不惜大功率输出心血与汗水，终于在较短时间取得如此丰厚的成果。干文学这一行特别辛苦，心情浮躁，怕下气力的人是没多大希望的。作者在《一杯酒》中深有感慨地说，文学创作"需要耐心和毅力……人的身体在写作中饱受磨难，最终可能会油尽灯枯。知道这样的结局还会写作吗？"作者用实际行动回答了这个问题。杨贵峰不仅有"咬定青山不放松"的坚强毅力，还有"为伊消得人憔悴"的吃苦精神，想想，具备了这样的前提条件，还怕创作道路上的曲折坎坷吗！

杨贵峰作品的大部分是写乡土的，即写生他养他的灵武农村生活，即使写城市的，也仅仅是故乡周边的银川、吴忠、灵武等。他把焦点始终对准本乡本土，紧紧抓住他熟悉的人和事，山与水，景与物，读他的作品，不仅有一种亲切感，更有一股泥土味与瓜果般的芳香。作者对家乡有着深深的爱，浓浓的情，《故乡赞》一文，激情满怀，酣畅淋漓地赞美了家乡的山水风物，草木禽兽，并发出至纯至真的呼喊："啊，这就是我热恋着的土地，我生命的源头，生活的乐土，灵魂的归宿……"他写故乡到了爱屋及乌的程度，甚至不惜以大量篇幅去写猫狗鸡鸭雀，瓜果桃李枣等不起眼的小东西。无疑是故土赋予了杨贵峰的文学生命。这些作品让我看到了一个站立在田园故土上的本色的青年作者，他与那些高高在上，双脚不沾泥土的时尚作家截然不同。

综览全书，我还发现，杨贵峰的作品虽然也有揭露和批判，也写乡村的弱势群体，写他们的苦难和呻吟，心灵的苍白，甚至写社会中的黑暗，但他没有停留在忧愁悲观或愤世嫉俗的层面上，而是持积极向上、乐观进取的态度，他能看到生活的主流与本质，鼓励人们对生活充满信心，对未来充满希望，清醒而勇敢地去追求真善美。如《门声》，记叙一位清洁女工在酷热的中午清扫街道时，"轻轻扬起的尘土惹恼了商店的老板娘，恶言秽语便劈头盖脸而来……"作者"对这样的行为愤恨不已，想到妻子难免也会有这样的遭遇……"但他却没有去为妻子打抱不平，以牙还牙，而是用宽厚的"胸怀把她温暖，用挚爱慰平她心中的伤痕，因为她早已把这个城市清理得一尘不染，支撑起你家庭的大半边天。"作者的心中充满阳光，他坚信："人世间的黑暗和丑陋／浮躁、脆弱、压抑／必将彻底暴露在阳光下／接受光明的审判！"（《说"黑"字》）

面对五彩绚丽的新生活的霓虹，杨贵峰有自己的选择与追求：坚守故土，勤奋耕耘。这种耐得寂寞耐得辛苦耐得名利的精神难能可贵。毋庸置疑，写故土可以毕其一生。但千万要清醒要警惕，切不可总是在自己那方小天地里转悠，切不可总是那样小情小调的宣泄。一定要有突破超越意识，

即超越乡土，超越自己。这就要自觉地积极地投入到生活的激流中，感触时代的脉搏，感觉社会的体温，关注人民的苦乐，力求自己的作品视野开阔些，题材丰富些，寓意深刻些，尽快从"乡土化"走向"社会化"。

（2004年7月30日）

《法与情的锁链》序

本书的作者是一位女检察官，待人热情正直、工作认真负责，业余时间喜欢舞文弄墨。她在多年办案中，积累了许多素材，为创作长篇奠定了厚实的基础，又经几番苦心孤诣的构思、提炼、加工，成就了一部可读性较强的文学作品，终于圆了她的作家梦。

这是一部以案例为题材的小说，但可以当纪实文学来读，也可以当法制教科书来读。卒读每一章节，都如亲自参加一次公判大会。掩卷沉思，禁不住惋叹唏嘘，痛心疾首。一个个好端端的人走上犯罪道路，这不完全是不懂法律，而是权欲、财欲、色欲恶性膨胀，是心理失衡。从古至今，无论为民做官，如果为了一己之私欲，一家一族之私利，去干有害于社会、有损于国家、有悖于法律的事，迟早会被私欲所葬送。贪婪与堕落总是相生相伴。司马光说过："侈则多欲，君子多欲则贪图富贵，枉道速祸；小人多欲则多求妄用，败家丧身。"这确是悟道之言，也是这部案情小说留给我们的一个重要启示。

时下，一提起腐败犯罪这个话题，人们往往会一哇声地说到党员干部、领导身上。领导、党员干部是人民的公

仆，应当廉洁守法，牢固树立正确的世界观、人生观、价值观，坚持全心全意为人民服务的宗旨，做到权重不移公仆心。如若以权谋私，腐败堕落，理应受到法律制裁。然而，切不可忽视了对普通人的法制教育、道德教育，以及提醒警示。私欲之心，人皆有之，关键在于你能否克制、能否把握其"度"。在当今改革开放和市场经济的大潮中，有些人放纵私欲，无止境的攀比，贪图享乐，极端个人主义，为满足私欲，便利令智昏，恣意妄为，正路不走走邪路，生路不走走绝路，最终落得个身败名裂的可耻下场。因此，每个人都应该从这部著作中得到启示，珍惜自己，珍惜家庭，热爱生活；不为诱所动，不为欲所害，不为利所累，不为情所惑，做一个自重、自省、自警、自励的人。

在《法与情的锁链》付梓行世之际，说了以上肤浅的体会，权且作序，意在祝贺作者，并向读者推荐这本新书。

（2003年3月2日）

《高天厚土》序

一部精致厚重、散发着油墨清香的文学作品集《高天厚土》呈现在眼前，"献给盐池解放七十周年"十个金字赫然入目。我的心剧烈地跳动起来……有激动，有喜悦，有亲切，有鼓舞，澎湃的思绪久久难以平静，便乘长风，跨黄河，越长城，飞向那梦绕魂牵的"白池青草古盐州"。

我对盐池之所以如此深情，是因为她是我的第二故乡，我在那里度过了十八年难忘的岁月，因而对那里的人民感恩戴德，对那里的山水情有独钟，又参与编纂过《盐池县志》，因而对那里的历史有所了解。所以当盐池县委的同志嘱我为这部集子作序时，我便冒着序作不好会作践了这部集子的风险大胆地答应了。

因了一个美丽的传说，盐池便有了一个带彩儿的名字——花马池，因池而筑城，就是今天的盐池县花马城。

盐池历史悠久，地理位置重要。秦时治县，唐置盐州，已有两千多年历史。因地处北方边陲，为历代兵家必争之地，"城盐州，城盐州，盐州未成天子忧"，故有"平固门户，环庆襟喉"之称，"羽翼陕北，控扼朔方"。县内至今留有四道长城，十座城堡，一百八十多个墩堠，这是历史上

烽火狼烟的见证，也是为后人留下的一道不朽的风景。

盐池地域辽阔，物产富饶。自古以来，盛产咸盐、皮毛、甘草，尤以盐业为甚，西汉始开采，唐代最发达，博采广销，获利极丰。及至宋夏明朝，食盐产销达到高峰，朝廷依赖盐银"专供花马池一带修边买马或接济军饷"。明人周澄作《盐州诗》大加赞赏："凝华兼积润，一望夕阳中。素影摇银海，寒光炫碧空。调和偏有味，生产自无穷。若使移南国，黄金价可同。"20世纪三四十年代，陕甘宁边区政府派毛泽民赴"三边"组织食盐、皮毛、甘草生产贸易，增加了政府财政收入，粉碎了国民党的经济封锁，支援了抗日战争。进入新世纪，滩羊再度成为名牌产品，饮誉神州，远销海外。

盐池地灵人杰，英雄辈出。这方广阔而深厚的土地，养育了一代又一代勤劳朴实的儿女，涌现出一批又一批英武勇敢的志士。高登云领导辛亥革命灵州起义，任大元帅，浴血奋战，慷慨悲壮。抗日战争、解放战争中，众多优秀子弟驰骋疆场，打日寇，灭顽敌，抛头颅，洒热血，为国捐躯，留名青史；全县人民齐动员，支援前线，建设后方，谱写出一曲曲可歌可泣的光辉篇章。新时代新世纪，他们一如既往地继承先烈遗志，发扬革命传统，艰苦奋斗，开拓进取，又创造出新的辉煌：沙原变绿了，公路高速了，乡镇通车了，村庄通电了，孩子入学了……一步一台阶，步步奔小康，人民安居乐业，社会安定和谐。在艰苦创业中，治沙英雄、养殖模范、干警勇士、科技标兵、教育先进等个人和集体层出不断，他们的事迹感天动地，遐迩闻名，成为盐池的骄傲和光荣。

　　盐池文化底蕴深厚，源远流长。那里蕴藏着丰厚的文化艺术，有民间文学、民间歌谣、民间美术、民间戏剧、民间曲艺等；有历代达官文彦阅边登城，游览山河，留下的大量诗词赋骈。唐代大诗人白居易的长诗《城盐州》、明朝王琼的边塞组诗、胡侍的《铁柱泉颂》等篇章，堪称精美传世之作；张家场汉代古墓群，葬品丰赡珍奇，是古代文明的遗存，是文化艺术的瑰宝；盐池博物馆馆藏丰富，展出历史文物数百，弥足珍贵，价值非凡，陈列革命烈士及遗物上千，英名垂千古，德范薰万代。1936年盐池解放，人民当家作主，文化艺术获得新生，农民诗人王有等本土作家应运而出，创作了朗朗上口的新诗；时任县委秘书李季创作的《王贵与李香香》一炮打响，成为新中国新诗的开山之作，为盐池增添了永久的自豪和光彩。

　　改革开放以来，盐池焕发出青春活力，经济建设突飞猛进，成绩斐然，文化事业兴隆昌盛，文艺创作氛围良好，这就为文学爱好者提供了千载难逢的发展机遇和有利条件，因而，雨后春笋般冒出一批思维敏捷，颇有才气和灵性的中青年作者。经过历练，他们有的已成为优秀作家，作品走向全国，在全区乃至全国颇有知名度；他们不懈努力，勤奋笔耕，不断有新作力作问世；尤为喜人的是近年出版小说、散文、报告文学等专著十余部，每年在各级各类报刊发表作品数十篇（首），并有作品获自治区、国家奖励。他们作品的突出特点是，拥抱时代，贴近现实，具有浓郁的生活气息和地方特色，语言本分而质朴，立意积极而健康，弘扬主旋律，歌颂真善美，尽情地抒发炽热的情感，真诚地诉说对故土的热爱眷恋，深刻地表达自己的人生感受和对亲人友人的

挚爱，读后使人产生强烈的共鸣。收入外地几位著名作家抒怀盐池的散文、诗词，文采飞扬，精美耐读，更给这部集子锦上添花，给盐池文苑增光添彩。毋庸讳言，收入集子中的作品，质量水平不尽一致，可圈可点的美文精品还不多，尚有稚嫩粗拙，取材单一，构思雷同等缺憾和不足，缺少大视野、深开掘、高境界，尚未走出乡土，超越乡土。毋庸置疑，这些缺憾和不足随着作者的创作实践和成熟，终会克服摒弃，"柳暗花明"的新局面就在眼前。

中华民族全面复兴的壮丽事业催人奋进，高天厚土人杰地灵的盐池，为我们的作家和文学爱好者提供了丰富的创作源泉和大显身手的舞台，新时代，新农村，呼唤大手笔大作品。我们应该积极回应这一呼唤，自觉承担时代赋予的责任，热情参与，施展才华，在这片热土地上获取更多的创作素材，汲取丰富的创作营养，大做文章，做大文章，努力创作出无愧于时代，无愧于人民的精品力作，为伟大的时代，伟大的人民，为可爱的盐池，鼓与呼，颂与歌，为满足和丰富农民群众精神文化生活，推动社会主义新农村建设作出新的贡献。

序幕已经拉开，高潮必然到来。有了这一批作者，有了这一部集子，便有了一个良好的开端，便奠定了坚实的基础。我坚信，神奇的花马一定会奋蹄腾跃，古老的盐池一定会再度崛起，盐池的文学事业一定会昌盛繁荣！

（2004年4月25日）

像生活那样真实

——读《沧桑人生》

　　读杜建中的长篇小说《沧桑人生》（宁夏人民出版社2005年8月出版），感觉它不做作，不矫情，像生活那样真实。文如其人，杜建中就是一位朴实而真诚的人，因而能写出这样真实的文章。

　　故事真实。小说家必须有弄假成真的本事，这是对一个小说创作者最基本的要求。小说虚构是为了真实，《沧桑人生》的故事情节很真实。说它真实，是指在现实生活基础上进行的合理虚构，即据实虚构的，读来觉得真实可信，没有上当受骗的感觉，就像置身过去的那段历史中——"四清"运动、"文化大革命"、改革开放、市场经济，历历在目，感同身受。

　　小说要依靠故事来演绎，但却不能完全靠故事的离奇惊险去抓读者（武侠小说、神话小说除外）。许多文学名著的故事都很平实，如有口皆碑的《红楼梦》，故事就很平常。小说的艺术魅力在于从当时的社会背景和现实生活出发，去编织故事，结构布局，从而塑造出各类栩栩如生的典型人物形象。杜建中像大多数作家一样，坚持贴近社会、贴近生

活、贴近实际的创作原则，继承优秀传统，走正路，出作品。他小说中的故事情节源于生活，都是有迹可寻的，这种创作态度值得肯定，其前景是广阔的。

人物真实。《沧桑人生》，作为小说，它里面的众多人物个个都是虚构的，但我们却有一种似曾相识相见的感觉，在生活中似乎能找到他们的原型。李义、田七（子仁）、刘金山、玉琴、王民、吴妈、高菊梅等等，好像就在我们的周围。如刘金山这个人物我就遇到过，文化程度不高，本事却挺大，"四清"运动中从一名小学教员成为"四清"工作组的积极分子；"文化大革命"一开始被群众批斗，很快凭自己的"灵活机智"成为造反派小头目，后来一跃成为市委干部；改革开放后改行经商，成为家具公司经理。这种风派人物，紧跟形势不掉队，什么时候都是弄潮儿，会赶时髦，善于钻营，什么好处都能捞到手。小说在本质上是一种追忆，逝去的，在追忆中得以复活。《沧桑人生》在追忆中，把过去生活中的某些人物复活了，让读者从小说中的虚构人物身上找到过去生活中真实人物的影子，这是一种了不起的创作功力。

感情真实。《沧桑人生》主要描述了"四清"运动、"文化大革命"、市场经济中人与人之间的争斗和竞争，但却不是一味冷酷无情，而是更多地讲述了人与人之间的真情，其中有家人之间的亲情，同学之间的挚情，邻里之间的友情，同事之间的真情，更多的是共产党与人民群众之间的鱼水深情。这些生动感人的事例书中比比皆是。

小说的成熟标志之一，就是要写出支配人物行动的思想感情。写得生动的小说只能感动读者，而写得有真情实感和有深刻思想的小说才能震动读者。小说发展到今天，写得生动，生活气息浓厚，已经远远不够了，如果没有思想的灵魂贯穿其中，没有真情实感蕴含在具体的人物形象之中，写得再生动也是肤浅的苍白的。《沧桑人生》在感情真实方面努力了，并取得了较好的效果。

《沧桑人生》是杜建中的第一部长篇小说，是出自一位业余作者之手的作品，艺术上的不足是显而易见的。

一是叙述多而描写少。小说创作不是"说"的功夫，而是"写"的功夫。说就是叙述、陈述，写就是描写、表现。如果说小说创作有诀窍的话，少叙述多描写就是诀窍。二是故事多而情节少。小说的目的不是讲故事，而是把故事升华为小说。情节比故事更精彩更生动，情节与细节关系密切，相辅相成，没有细节，便没有情节的生动性，而没有情节，细节就失去了依托。高明的小说家都是把功夫下在情节和细节上，而不是下在故事上。《沧桑人生》存在的"两多两少"，也是绝大多数小说新手的通病。其实，即使是小说老手也未必能够挣脱这个桎梏。谁挣脱了这个桎梏，谁就会成为写小说的高手。

我们祝贺杜建中第一部长篇小说获得成功。

我们希望杜建中继续努力，创作再上新的台阶。

（2005年9月12日）

情系故土　文展风采

——序《春暖花开》

　　拿到王金霞、王金风姐妹俩的书稿《春暖花开》，我有些吃惊。她俩都是业余作者，工作之余能够创作出这么多作品，很不容易。但这还不是我吃惊的主要理由，因为当今之世业余创作如火如荼，许多新作力作乃至大部头作品，都出自业余作者之手。让我吃惊的是她俩一次出版上下两集，而且包括了小说、散文、随笔、报告文学、新闻通讯、调研报告等几种文体。驾驭难度够大的了，手头上没两下是写不出来的。

　　于是，我就开始浏览阅读，读着读着就感觉出不一般来。作者是站在坚实的土地上，怀着对社会的强烈责任感，对家乡的热情去写的，加之她们酷爱文学，勤于读书动笔，善于揣摩各种文体的写作要领，因而创作出《春暖花开》这样的文集就是必然的了。

　　收入《春暖花开》文集的各类题材、各种体裁的文学作品，大都具有强烈的时代气息，表现出作者较强的社会责任感。作者是基层干部职工，本职工作要求她们要坚守工作岗位尽职尽责完成任务，因而搞创作必然是八小时以外的事，上班搞创作就是不务正业。写报告文学又需要花大量时间去采访，而且要深入到沙漠荒丘、水利工地等现场，跟班劳动，考察询问，顶烈日冒风沙，忍受饥渴是常有的事……想想，社会责任感不强的人能写出《青山绿水创业人》、《草原禁牧的领头雁》、《城市建设的排头兵》、《科技为沙地治理插上翅膀》等采访难度大而篇幅长的大块文章？通讯报道《生态篇》、《畜牧篇》，调研报告《盐池县畜牧业发展对农民收入增长的影响及对策》等篇章，在报道盐池治沙绿化，畜牧业发展的同时，还提出不少好的建议和对策。她们自觉地融进时代洪流中，把个人的思想感情和智慧投入家乡的经济建设。所以这些作品不是无病呻吟，不是隔靴搔痒，而是保持了"在场"的角色，不失语、不失责。由此看出，作者是"位卑未敢忘忧国"，她们大概是记住了美国文学大师福克纳的教诲："作家的职责永远是提醒人类不要忘记责任、荣誉和献身精神。"她们深怀对时代、对国家、对人民的崇高使命与责任，以积极健康的心态进行负责任的创作。这样的作者，前景必然是美好的。

生活中会有悲欢离合，会有苦辣酸甜，但这一切对于热爱生活的人来说都是宝贵的财富。作者深谙此道，十分珍惜生活热爱故土，善于把身边的人和事构思创作出充满深情挚爱的文章。《一碗鱼汤》写女儿在父亲病重时做了碗鱼汤，竟然又辣又酸，"而父亲却微笑着悄悄包容了一切"。女儿心里非常歉疚，深感"父爱是最珍贵的平淡"。父女间怜爱之情，令人动容。苦苦菜总是跟苦难连在一起，灾荒年月，穷人靠它充饥度荒。如今生活好了，人们并没有忘记它，作者把它写得美妙可口，津津有味。春天，"下餐的主

菜就是美味的凉拌苦苦菜，……其味清淡而香醇，往往诱惑我多吃一碗饭"。夏天，"大餐的桌子上也常有苦苦菜的影子，……在摆满酒肉的宴席间，清清绿绿，拙朴惹人"。入了秋，最末一茬嫩叶儿煮熟凉拌，"一家人围桌而坐，品尝这秋天最后的美味"。作者深情地赞叹："岁月悠悠，我总忘不掉那些山野里面对寂寞与孤独的苦苦菜，没有丰沛的雨水，它竟然也能生长得丰润茂盛，把一个与世无争的生活演绎得那样动人。"字字句句浸透了热爱生活，热爱故土的情感。《牧羊往事》，回忆起早出晚归风里雨里受苦受累的牧羊生活，却如诗如梦，其乐融融。"当三十岁的我再一次来到故乡的原野，……而我依旧听到了那往昔牧归的笑语与歌声。……我来到了童年牧羊的岁月，……在心的中央，牧羊的原野永远是一片乐土，是快乐与骄傲，是永生不灭的梦。有了芳香的往事，就有了我回家的路，有了我心灵的归宿。"这样的句子，只有对家乡对故土无限眷恋，一往情深的人才写得出来。

说实话，写故乡写亲人写小事的文章太多了，如何在这里找到个人的独特表达方式，表现出个人的风格，还要感动读者，并不是一件容易的事情。《春暖花开》里的散文写得与众不同，情真意笃，让人爱读，作者是倾注了真情又下了一番功夫的。

当然，作者在创作上还处在一种自发、自然和自在的阶段，这从她们作品题材的广泛与文体的多样即可看出。由于她们在写什么与怎么写这两个文学创作的根本问题上采取全面出击、多种尝试的办法，分散了精力，因而作品的艺术水平就显得参差不齐。希望在今后的创作中，术有专攻，集中笔力，变自在为自为，追求力作精品。就跟农民种地一样，放弃广种薄收，在几亩责任田里狠下功夫，精耕细作，才能获得好收成。

天道酬勤，丰收在望。我们期待着。

（2006年8月10日）

环江淙淙入海流

一

2005年，是母校环县一中建校50周年，9月26日举行庆祝活动，邀我回去参加。25日，我回到阔别已久的故乡，住进环县宾馆。

傍晚，约几位同学去看环江。出城不足一华里就来到岸边。秋天的河水比平时旺盛，比平时流淌得急促，就像这小城勤劳的人，为了生活而步履匆匆。准确地说，它是够不上"江"的，只是一条河，一条陇东干旱大地上的季节性河流。平日里河床仄仄，河水浅浅，缓缓地流淌着，泛起雪白的浪花，发出淙淙的声响。一场雷鸣闪电暴雨，刹那间河水便急剧膨胀，溢满了河床，汹涌澎湃，吼声如雷，像奔腾的千军万马，跃进着，挥杀着，势不可挡，直奔大海，此刻，这河才成为名副其实的江。虽然如江的时间很少很短，但环县人民却世世代代叫它江。这不是夸张，而是崇敬，是炫耀，是骄傲。因为环江具有大江大河的品质，不仅滋养了环县的土地，还培育了环县人民顽强奋斗的毅力和艰苦创业的精神。

面对淙淙流淌，一往直前的环江，我刮目相看了，问身旁的同学："环江流向哪里了？"同学说："流得远哩，先融入马莲河，再进入黄河，最后流向大海。"噢，原来如此，环江不简单，是一条有远大志向的江河。由此，我忽然想起一个人，我的学兄康秀林，还想起他编纂的《环县志》（甘肃人民出版社出版）、《环县史话》（甘肃文化出版社出版）、他创作的《开心曲》等大著。我们已经有几年没见面，他一定又出了新成果，他是个苦行僧，以写作为乐。这次回来一定找他好好聊一聊。

二

我跟康秀林虽然同是环县一中的学生，却不曾谋面，1962年他毕业出校，我考取入校，失之交臂。其实我早在洪德上初中的时候就知道他的大名了。他与我的同班好友王宏宇（彬）交情笃深，王宏宇经常对我说起康秀林如何好友，如何喜文，如何孝敬父母，等等，还把写给他的信让我看。那信果然好看，热情洋溢，文采斐然，一看就舍不得放下。从此，我就记住了这位出类拔萃的学友。

1986年春季的一天，外面刮着风扬着尘。我正在编辑部看稿件，忽然门里进来一位中年汉子，中等个头，浓眉大眼，一身中山装，手里拎只黑包。风尘仆仆的样子，像个走远路的旅行者。不等我开口，他便自报家门说，我是你老同学康秀林。一口乡音好亲切，一下拉近了距离，感觉里我们已经熟识了几十年，立马亲热得像久别重逢的亲人，无拘无束谈起来。三句话落音，他就直奔主题，说我们正在编纂《环县志》，我

今天是来向老同学取经的。我笑了说，经验没有，遗憾和教训倒是不少。他也笑了，说你的教训和遗憾就是我们的经验。你寄来的《盐池县志》我认真拜读了，值得我们学习借鉴，别谦虚，你就说说吧。他从包里掏出笔记本，准备记录。我的心却虚了，《盐池县志》是我总纂的，1985年已经出版。那是为了向盐池解放50周年献礼，加班加点赶出来的，舛误遗漏不少。抢先上市的果子总是涩酸的。"修史之难莫过于志"，我修志三年，吃了好多苦头，一言难尽。面对老同学要实话实说，于是就给他泼凉水，说你部长当得好好的，工作也够忙的了，咋又想起干这苦差使？行话说，得志不修志，修志不得志，你现在干得正红火，如日中天，提拔晋级是指日可待的事……他坦诚地说，文章千古事，仕途一时荣。趁着现在身强力壮，为群众多干点实事，名呀利呀全是过眼云烟，虚的。他是个头脑清醒的人，身在官场，心系事业，淡泊名利，如此思想境界令我佩服。我俩天上地下东拉西扯，谈了两个时辰，快十一点了，我邀他中午到家里吃饭休息。他婉言谢辞，说下班还有一个多小时，要抓紧时间去出版社联系业务，今天务必要赶回去，单位还有一摊子事等着呢。他立马站起身与我握手道别，转身出门，迈着大步风风火火远去了。

三

从此以后，我们就密切了联系，常有书来信往，偶尔也通电话。康秀林是个非常勤奋的人，文笔好，出手快，隔一段时间我就会收到他寄来的编辑成果和创造成果。1993年10月，《环县志》出版发行，不几天我就收到了。这是一部近60万言的皇皇巨著，拿在手里沉甸甸的，厚重得像一块城砖。我急不可待地浏览阅读，久久不忍释手。《环县志》给我的印象是篇目设置科学，体例得当，观点正确，内容丰赡，特点突出。翻阅时下一些新编修的志书，循规蹈矩者多，如法炮制者多。而《环县志》却给我带来惊喜的创新，即敢于标新立异，突破旧体例，增加新章节。他打破常规，把"概述"列为第一编，将自然环境、物产、历史沿革等内容分3章17节，介绍得一清二楚。在"人物志"中，增加了一节，把县（团）级以上干部记入新志。这有特别意义：激励今人继续努力，为后人留下珍贵史料。"社会编"中的风俗习惯、方言、服饰、风味、住宅等章节，翔实记述了环县地方、环县人的昨天和今天，生动有趣，地域特色突出。读着读着我就浮出亲切的回忆，仿佛置身故土乡里。新修的《环县志》确实起到了"补史之缺，参史之错，详史之略，续史之无"的作用，是一部"资治"、"教化"、"存史"的好志书。

说《环县志》是集体智慧结晶的时候，切不可忽略了总纂康秀林付出的辛劳和汗水。重任在肩，他不敢有丝毫懈怠。为了搜集资料，他带了助手长途跋涉，风雨兼程，奔赴兰州、西安、银川、北京，采访知情者数十，寄出征询信件数百，查抄资料200余万字。为了撰稿，他宵衣旰食，伏案疾书，三拟篇目，数易志稿，历时十载，终于大功告成，为环县人民树立起一座不朽的丰碑。

四

大概是2002年的一天，康秀林给我寄来一本铅印的自选

旧体诗集《开心曲》。我感到新鲜，没听说过他会写诗，怎么就突然冒出这么多诗来！看完自序，吃惊不小。他于诗不仅内行，而且颇有见地。原来他从上世纪60年代就学写诗，至今还在坚持。他自谦地说，"寂寞时往往呐喊几声"，是"试遣愚衷，开心而已"。他说得很对，诗本来就是诗人心灵的声音嘛。接下来，我就一首一首地品读体味，我感受到他绝非附庸风雅，而是心迹的袒露，他的诗充分体现了他的品性，即他的道德、学养、追求、爱憎、性情等，把他几十年间的心路历程，兴致间思想的变化与情感的寄托，都酝酿升华成诗句记录下来。他无论是览胜山河，关照时代，还是缅怀英烈，回忆亲友，即使吟花咏草，无不以真挚的感情进入诗境。如《咏松》："自古为官荣华显，唯君枉受大夫衔。风吹霜打伤痕累，傲骨豪气终不减。"又如《献给国庆五十周年（四）》："半个世纪一瞬间，创业维艰守成难。欲知历代兴衰事，司马太史有衷言。"再如《改革开放二十周年有感（四）》："谦虚谨慎立身本，骄奢淫逸祸患首。反腐倡廉钟长鸣，居安思危防覆舟。"等等。诗言志，从中可以看出一个有良知，有思想，有责任，有风骨的知识分子的形象。

我为康秀林遗憾呢。他倘若不做"万金油"干部，专心舞文弄墨，写诗作词，现在可能是一位成功的诗人了。

五

《环县史话》是康秀林退休之后主编的。有学者赞誉它是"打开环县的一把钥匙"，我认为它还是认识环县的一张名片呢。长期以来，环县总是被人误解、淡忘，甚至小觑。固然这于经济落后，偏僻闭塞有关，但有一点不可否认：我们缺少宣传，自我封闭。现在好了，《环县史话》从历史变迁、经济政治、名胜古迹、民情风俗、地方特产、革命事迹、古今人物，等等，全方位多角度将环县展示给世人。尤其让世人惊叹和眼羡的当数：山城战役皮影戏，荞麦面食羊羔肉。毫不夸张地说，这几样物质的与非物质的特产和遗产，不仅在国内闻名遐迩，到了国外也新鲜稀罕。1987年，环县道情皮影艺术团出访意大利，洋人看了演出，翘指喝彩OK，OK！我为康秀林热爱家乡，献身故土的精神而深深感动，他本来有机会离开环县到市上、省里去工作，但却放弃了。他甘心做故土的守望者，全身心地投入修志工作和民间文化的挖掘与整理。他数年乃至数十年如一日，四处走访，八方询问，搜集资料数百万字，撰写并发表文章上百篇，将环县的传统文化资源几乎一网打尽，集中于《环县史话》，奉献给社会与人民。一个为环县制造了"钥匙"，设计了"名片"的人，功莫大焉，应该是环县的功臣之一。有史书说，"环人尚武疏文"。这是旧皇历的说法。新时代新社会，环县高知识大学问的人才日渐增多，秀林忝列其中当之无愧。他虽然没有高学历，但自学成才，博古通今。他做学问非常认真，不道听途说，不捕风捉影，不迷信书本，不浅尝辄止，而是深入实际调查，反复研究考证，打破砂锅问到底。他广摘博引，有根有据撰写论文，更正了旧志书中不少谬误记载：如将环县城北的宋塔记为唐塔之误；将唐肃宗李亨在宁夏灵州登基记为环县灵武台之误；将古萧关只认定在宁夏固原而忽略了环县也有古萧关之误，等等。他如今是人

们公认的环县乃至陇东的"活字典"。2003年12月，中央电视台"走遍关中"专题片记者，采访古萧关时遇上了问题，专程找康秀林解疑释难。康秀林说，汉唐宋以来，甘宁交界地区长城沿线共有16个萧关，宁夏有15个，甘肃仅环县有萧关……讲得头头是道，记者频频点头，赞叹老康厉害。中央电视台、中宣部联合摄制"长征不朽的魂"专题片，记者到陇东，指名道姓要康秀林讲解山城梁战役。

六

不知不觉夜幕轻轻笼罩下来，朦胧了天地，周围看不清什么了。同学说回吧，我说回。在回宾馆途中，我还继续着方才的思绪，这环江真是了不起，年年月月日日夜夜流淌着，不歇缓不偷懒，永远向前，终于进入大海。康秀林是在环江边上长大的，受了环江的熏陶和鼓励，为人做学问也是那么坦荡，那么认真，那么执著，"咬定青山不放松"，不达目的不罢休。

我们离开江岸好远了，还能听见环江淙淙流淌的响声。声音虽然不大，却清亮悦耳，鼓舞人心。

（2006年6月20日）

一部厚重之作

——读《花旦》

读完火仲舫的长篇小说《花旦》，久久不能释怀。73万余言，厚厚的3大本，码起来像一块城砖，沉甸甸地压在案头，令人钦佩作者的文学实力与创作毅力。

《花旦》给我的印象是结实而厚重，堪称中国西部现实生活的缩影，是更深刻的现实，是运用中国传统小说创作妙笔的一部力作。

故事生动

《花旦》好读，读起来就放不下，关键是故事情节抓人。小说的故事情节很重要，有了好的故事情节，小说就奠定了基础，站稳了脚跟。作者很会讲故事，没有干巴巴的叙述，没有大段的议论，是因人而事，人物带着故事走，大故事连着小故事，长故事套着短故事，一波未平一波又起。或节外生枝，或出其不意，步步推进演绎。小说是虚构的艺术，想象力才是作家最基本的生产力，作家要有弄假成真的本事。火仲舫除了具备上述条件，还有演戏编剧的优势，善

于给故事设置悬念、扣子、冲突、巧合、包袱等等，从而增添了故事的曲折生动。如在红城子村民祈雨中齐翠花突然神秘失踪；在八里镇演戏时被不明身份的人抢走；"瓜菜代"年月从当了"右派"分子的齐翠花屋里搜出一袋子面粉；落实政策时又查明齐翠花是假右派；红星从监狱里出来销声匿迹；杨红梅在广州中山大学念书的女儿（韩菲）被人误伤，在红星开的饭店被救脱险；20多年后在藏神像的壁窑内发现了红全生的尸体，等等情节，都给读者留下了不解的疑团和悬念，由不得要往下读，要看个究竟。《花旦》的可贵之处是没有停留在讲故事的层面上，而是将故事经过加工提炼，升华为小说。作者明白，小说中的故事只是一种载体，小说的目的不是只给读者讲故事，不是光"说"不写（描写），恰恰相反，小说是以描写为主，着力于人物心理、情绪、感受、思想等细腻的刻画来塑造人物，从而感动和震撼读者。好读的小说靠的是描写，靠的是情节和细节。《花旦》中有许多感人的情节和细节，给小说增添了无穷的魅力。如中卷（84页）大跃进时期拆灶砸锅之夜，上中农红清贵一家吃鸡的情节就十分生动传神。

　　工作组长走后，红清贵打发女儿小宝叫大宝和三宝两家人一同来吃鸡肉。老婆说："算了，一只瘦鸡能吃个啥肉？揭屁眼张风的。工作组还以为我们开黑会哩。"红清贵说："鸡肉少是少些，可几个孙子不吃一点，我心里过意不去。反正明日少不了一顿批斗，一家子人团团乐乐把这一只鸡吃了，明日就是上法场，我心里也踏实。"大宝两口子领着女儿杏花和儿子狗旦来了。过了一会儿，三宝领着儿子马驹也来了。几个大人土头土脑的，他们也刚拆罢锅灶。小宝摆上炕桌，马驹就抓起一只鸡腿啃起来。三宝唬了儿子一声："这么瞎，你爷你奶和你伯你婶还没动手，你个龟儿子先抓上，真格把娃惯成了。"红清贵苦笑了一下说："吃么，叫娃来就是吃肉来的，唬娃做啥？马驹，我娃好好吃，来把爷爷的这一份也吃了；给，狗旦，你也吃，你不吃小心马驹吃完了着。"他说着给马驹和狗旦手里塞了一块鸡肉。腊月说："大，妈，你们吃，别让着娃，他们多少是个够呢？"大宝用筷子夹了一块鸡脯肉递到父亲面前，说："大，您吃。这锅灶一打，以后吃鸡肉的机会就少了。"红清贵说："你们跟娃吃，鸡肉硬，我牙疼，咬不下。大宝媳妇和杏花也好好吃；三宝媳妇没有来，回去给捎上一疙瘩，双宝媳妇浪娘家不在，小宝给留一些，大家都尝一尝。"

这一段生动的情节和细节，把一家大小留恋家园、骨肉亲情以及爷爷疼爱孙子的感情表现得淋漓尽致。也从侧面反映了时代特征。再如对红星的一段描写（下卷42页），在县剧团欢迎齐翠花的会上，副团长伏杰看了看坐在后面的红星，也扬意（客气）了一声："红厂长也说两句吧？"这本来是一句抬举人的话（红星是陪同母亲来的），伏杰想着他肯定是不会讲的，没想到红星竟然站了起来，大大咧咧地讲起来。讲话中，红星的言语错误百出，说他母亲必定（毕竟）是六十几岁了，要照顾好她的生活起居。从言谈举止，把红星这个半吊子厂长活脱脱推到了读者面前，令人哑然失笑。

人物形象逼真

文学作品，尤其是长篇小说，是靠人物安身立命的。《花旦》中有名有姓的人物有近百人，其中主要人物的形象是逼真的。如齐翠花、红富贵、红星、田大勇、张百旺、柳毅、红立贵、马长林、红乾仁等人物，都给读者留下了深刻印象。小说的人物形象主要是通过外貌、行动、语言、心理以及支配人物的思想感情来塑造。火仲舫深谙此道，他熟练地运用不同手法刻画出不同的人物形象。如通过行动、语言和心理活动，塑造了齐翠花敢作敢为、敢爱敢恨的性格。她落魄后，风雪之夜到红富贵药铺买药打胎，竟然大胆提出与红富贵同居，进而结为夫妻；通过红富贵的几次委曲求全的懦弱行动来刻画这个人物，塑造了一个吃亏忍让、质朴善良的农民形象；通过保长红乾仁仗势依权欺凌干儿媳妇王兰香的恶劣行为，将其霸道淫威的地头蛇形象展露在读者面前；回族老人马长林机智、仗义的形象是通过其冒险进谏工作组长和出面调解重大棘手事件来塑造的；红星是个耐人寻味的人物，他是特殊时代产生的混混，跟八个女人发生过关系，后又被教化成一位有作为有成就的人；冯菊花虽是一个极为次要的"调味品"角色，但这一形象塑造得非常成功，对于强者、当权者，她胡搅蛮缠、不讲策略和情面，对于弱者和老实人，她则仗义执言，在性生活方面，她又特别放纵。她的一言一行，是活脱脱的农村泼妇形象，现实生活中不乏其人，真实可信。

语言朴实

小说，无论是长篇或中短篇，这风格那流派，拿给读者的首先是语言。语言过不了关，没有特色，就是一碗白开水，没味道。面对时下长篇小说泛滥，读者大多有一次性消费的心理，小说的语言就更是众口难调。《花旦》的语言是成功的。说它成功，是指语言通俗朴实，鲜活生动，平民化、大众化，读者乐意接受，没有堆砌辞藻，没有装腔作势等唬人的怪毛病。方言、俗语、俚语、谚语、歇后语的巧妙运用，更为小说增添了情趣和特色。朴素的语言来自现实生活，来自人民群体。作者是从乡村土地上走出来的，双脚沾满了泥土，对农村对群众的语言烂熟于心，可以信手拈来，运用自如。尤其当地民间语言的突出运用，更强化了《花旦》的地域文化特色，彰显了人物的个性。如红全生的女儿招弟不愿意嫁给马三旦（下卷62页），顶撞了父亲，父亲被激怒了，骂道："真格把女子养成精了。你是三天不打，上房揭瓦。看我不熟你的皮子。"一叉子打在了招弟的肩膀上。招弟的对象张九子上前拦挡，说："招弟如今是我的人了，你要打就打我，你打她我心疼……"九子的话还没说完，老红一团唾沫就唾到他的脸上，骂道："再不要羞你张家先人了，你是棒槌剜牙哩——夯口得咋说出来？"一句俗语，两句方言，一句歇后语，活脱脱展示出一个顽固坚持封建买卖婚姻的老农民形象。再如保长红乾仁动不动就说"不但而且"，可憎又可笑；工作组长田彦文批评红清贵是负偶（隅）顽抗；村主任红立昌说，我们要搞误（娱）乐活动；

社教工作组王大庸把一丘之貉读成一丘之各；冯菊花背诵毛主席语录："黑骡子笑夫（赫鲁晓夫）正睡在我（们）的身旁——"等等。往往是通过一句错话，一个错别字的巧妙运用，就使那些不学无术没有文化装模作样的各类人物跃然纸上。这就是语言的力量。

民俗丰富

读完《花旦》，我感觉作者把西海固的民俗几乎一网打尽了。有些民俗不只属于西海固，它也属于陕甘宁。挖掘和再现民间传统文化资源，《花旦》是集大成者。书中描写了三十多种民俗活动，如唱秦腔、出仪程、过满月、点高高山、烧"倒主"、押保状、送灶神、出行迎喜神、讨符、祈雨、点明心灯、做道场、过红白事，等等。都是原汁原味地再现其场面情景。在一些影视中胡编乱凑伪民俗泛滥的时下，《花旦》无疑具有匡正创作时弊的功效。

《花旦》是一部有着深厚文化底蕴、艺术个性不可代替的作品。今天再现这些民俗，不仅带给人们新鲜，还有拯救和传承的意义。因此说，《花旦》有其独特性、趣味性和史料性，有超出小说的价值。

毋庸讳言，《花旦》也不可避免地存在不足与遗憾。一是叙述重复。如有些场面和唱段重复交代、大段引用；又如红卫兵大串连时大段地写或念《毛主席语录》，开批斗会的条条标语口号全写出来；再如关于"文革"中的几处文字是多余的，甚至有负面影响，这应该是责任编辑的责任。二是有些地方写得太实，如银川、兰州、延安等发生的事情，

而有些却太虚、太玄，如红星两次秘密失踪。第一次从县城
监狱出来失踪，不到半年时间就在广州开了颇有规模的西北
清真饭店并任经理；第二次是返回家乡捐款修建"红星希望
小学"和人畜饮水工程之后在即将返回广州之时，又一次突
然失踪。半年后家里收到他从澳大利亚的来信，他在那边又
大干了一番。这两次失踪和突飞猛进的成功，有点失真的
感觉。三是方言土语运用过多（特别是那些难懂而加注释
的），反而给小说制造了局限，给域外读者造成阅读隔膜和
障碍，不利于传播。再版时下狠心删除重复内容和不必要的
方言土语，锤炼到六十万字，就非常精致了。

　　《花旦》是火仲舫的第一部长篇小说，获得成功，一炮
打响，难能可贵。作者有驾驭长篇的功力，有丰富的生活阅
历和素材，创作前景是广阔的。我们有理由相信，他会有更
精彩的新作问世。

（2006年2月8日）

特 别 创 新

——读《废话艺术家王三丰》

南台把小说做大做强了，已经成了气候。接连出版了三部喜剧长篇小说：《一朝县令》、《只好当官》、《废话艺术家王三丰》，第四部也是喜剧长篇，现已杀青，等待出版。前两部好评如潮，反响强烈，不少名家大腕给予了充分肯定和评价，把话说到位了，我再说也是重复，"眼前有景道不得"，不说为好。现在我从《废话艺术家王三丰》说起，谈点感受。

胡锦涛总书记在全国第八次文代会、第七次作代会上的讲话中，强调指出："一切有理想有抱负的文艺工作者，都要大力发扬创新精神，积极开拓文艺的新天地。推进文化发展，基础在继承，关键在创新。继承和创新，是一个民族文化生生不息的两个重要轮子。"艺术就是创新，没有创新，就谈不上创作。尤其干文学这一行，每一篇作品都要求创新，既不可重复别人，也不可重复自己，如果没有创新，创作就会死亡。在长篇小说丰收成灾的当今，南台的创新精神尤为可贵，创新手段尤为特别。

特别之一是形式创新，在奇巧上下功夫。内容决定形式，形式影响内容，内容再好的书稿，形式不到位，即设计装帧不到位，也会导致失败。所以内容和形式相辅相成，相得益彰。南台从《一朝县令》开始，就意识到形式创新的重要性，就在每一部小说的设计装帧上下功夫。如《只好当官》书名旁加上副书名《银瓶梅》，让读者一看马上联想到长期以来被禁读的"淫书"《金瓶梅》；更绝的是不署作者的姓名，令人顿生好奇、猜测。从封面到内页，配有几十幅漫画插图，并加注有趣的文字。勒扣上作者郑重申明："读者只要看的，是作品，不是作家，倘作品是0，作家当然也是0，出版一个0，对作家和出版社都不光荣。若此书不受读者欢迎，不能重印，便永不署名。"独特奇巧的设计，幽默机智的文字，果然撩动了读者的兴趣，初版一万册，三个月销售一空，重印时才署上南台的大名。

《废话艺术家王三丰》又出新招，除了封面内页依然是漫画插图加文注解，勒扣上居然是作者的漫画肖像！内文24万字，全以"段子"结构成文。在后记中，作者用幽默诙谐之笔，对"段子"大加渲染鼓吹，宣得天花乱坠，神乎其神。试问，这么一部好书，谁不想一睹为快？更有奇绝在后头，作者的第四部长篇书名竟然是《O》，48万字，50幅漫画插图，已装扮就绪，待字阁中。请注意，以"O"为书名的小说，包括一切艺术作品，古今中外，绝无仅有。这有点像武则天的无字墓碑，充满玄机奥秘。南台是想"不着一字，尽得风流"呢。如若内容好看，这一步险棋将会使这部无名之作，一炮走红，洛阳纸贵。

特别之二是内容创新，在讽刺上做文章。南台的创作战略是空地植树，独一无二；主攻方向是喜剧（讽刺与幽默）

长篇小说。这一招他是从吴敬梓的《儒林外史》，鲁迅的《阿Q正传》，钱钟书的《围城》等先贤名著那里学的，但却不泥旧法，别具一格。南台善于继承，勇于创新，他深谙国画大师齐白石"学我者生，似我者死"的创作之道，学名人名著不为"像"，而为"不像"，大胆探索，标新立异，于是就有了"段子"这种文字样式，就有了以讽刺刻画正面人物形象的笔法，就有了喜剧长篇系列，这样就跟上面说的先贤名著有了区别。事实证明，南台的探索创新是成功的，几部长篇，风格一致，特色突出，讽刺幽默，妙趣横生，读之，有一种甜甜的、酸酸的、苦苦的感觉，阅读过程往往会忍不住一笑，笑后回味，心情却有些沉重，不禁感叹唏嘘。

《只好当官》第四章"大学生"一节，以讽刺幽默的语言，生动传神的细节，将草色混混儿高举活脱脱展现在读者面前——高举生日这天，恰好拿到大学文凭，真所谓双喜临门。正在兴头上，突然收到情妇"大眼睛"寄来的情书，身为处长、又有大学文凭的高举，竟然不认识情书中的"吻"字，于是问女儿问儿子又问同事，均未得到明确答案，最后电话上问情妇"大眼睛"，才恍然大悟，说声"坏了"，如当头一棒，懊丧不已。高举洋相百出，滑稽可笑。掩卷沉思，不禁要问：像高举这种不学无术，无德无才的人，居然从一个山村营业员成为国家干部，从县到地到省，职务由科级到处级，直至省政协副主席，并获得大学文凭。一路绿灯大开，官运亨通。他究竟凭什么这般走运？再如《废话艺术家王三丰》第十章"表扬"、"发挥更大作用"、"听长"等段子，描述王三丰与纪省长商谈罗晓九工作调动提拔时，王三丰要小聪明，以"听长"代替"厅长"，混淆视听，征得纪省长点头同意。王三丰的狡黠机智，纪省长的官僚昏庸，罗晓九的无才无能，一个个刻画得淋漓尽致，讽刺得入骨三分。可谓一石三鸟，弹无虚发。

特别之三是语言创新，在调侃上用心思。凡成名作家，其作品都有自己的风格，或清淡平和，或睿智机敏，或细腻精致，或冷峻严谨……就中，不乏风格非常独特者，不用看作品的署名，就能读出它出于谁之手。譬如读鲁迅的作品，读老舍的作品，读沈从文的作品，读赵树理的作品，读贾平凹的作品……读着读着就能品出独特的味道来，感觉出是谁的作品。读南台的作品，不看名字，也能感觉出是南台的。是什么感觉呢？主要是他语言的味道，即讽刺、幽默、诙谐、调侃、俏皮话的巧妙运用。这大概就是南台作品的风格吧。读南台的小说，常被他讽刺幽默的语言逗得发笑、叹息，乃至同情、气愤；读南台的散文、随笔，又会被他调侃、诙谐的语言打动。他不只调侃别人，更多的是调侃自己。如果说讽刺、幽默、诙谐是智慧的花朵，那么调侃则是睿智、勇敢的表现。调侃别人需要睿智，要把握好分寸，恰到好处；调侃自己更多的是要有勇气，这不是作践自己，而是一个人成熟自信的表现，不是任何人都能做到的。赵本山、范伟、冯巩、牛群、姜昆、宋丹丹等，在小品、相声表演中调侃自己达到极致，因为他们是表演艺术家，行业要求如此。而作家不一定就非要调侃，所以调侃的作家甚少，调侃自己并且调侃出高水平的作家更少。我看南台就是极少数中的一个，譬如很少有作家自己请人把自己的尊容以漫画形式丑化了印在书的封面上。

由此可见，南台是个绝顶聪明之人。一直以来，南台

是个有口皆碑的老实人，这是指他的为人，他的人品。而做事、写文章，他一点也不老实，甚至诡计多端，老谋深算，是孔老夫子说的那种"君子讷于言而敏于行"的奇人怪人。在人心浮躁，急功近利的时下，不学点聪明，不使点招数，恐怕生存都有困难，遑论创作出书，更别指望作品的畅销。南台的绝招，抓住了市场经济下人们的阅读心态，已大见成效，值得庆幸。

最后，提点建议。南台在注重形式创新的同时，多在作品的内容上用心思下功夫，向精品名著冲刺，以精湛的艺术质量征服读者，让读者对作品由好奇去读，变为由需求去读，就像一句耳熟能详的广告词那样："广告做的好，不如新飞冰箱好。"读者最终认可的还是作品的内容质量，"内容为王"是谁也改变不了的规律。在市场经济环境下，虽然"内容本位"遭遇挑战，但一部著作成败的关键还是内容起决定作用。其实，我这样建议是杞人忧天，南台已经功成名就，是一位修成正果的作家了，还想要什么呢？阳光总在风雨过后，对南台来说，风和雨都经历过了，剩下的就是阳光灿烂的日子。尽情地沐浴吧，"上帝"会保佑这位老实而聪明的人得道成仙的。

（2007年1月2日）

阅读盐池

——在盐池县文学作品研讨会上的发言

盐池，犹如一部皇皇巨著，博大精深，内涵丰富。要读懂它，读透它，并非一件容易的事。况且，不同背景的人，有着不同的解读与认知。

关于盐池悠久的历史，重要的地理位置，辽阔的地域，丰饶的物产，深厚的文化，以及人杰地灵，英雄辈出，令人振耳发聩、刮目相看的过去和现在，物质与文化，人物与景观等诸多内容，我已在盐池文学作品选集《高天厚土》的序中，简要说过，这里不再重述。今天是文学作品研讨会，我就集中语言，说说与文学有关的人和事，以及作品。

人才辈出　木秀于林

文艺界有句使用频率较高的话，叫出人才，出作品，走正路。现在，我就用这句话来观照盐池的文学人才、文学创作及发展状况。

不了解盐池的人，往往把盐池想象成一个飞沙走石、蛮荒落后地方。就像南方人对宁夏的想象，总跟风沙与落后联

系在一起。试想，这样的地方，哪有文人彦士，著书立说的雅事。加之历史上个别狗屁文人、官吏的调侃贬损，以及世俗的偏见，把盐池这一带地方说得粗野不堪。最具代表的是清朝光绪皇帝派到三边巡察的翰林院士王培棻，和他所作的词《七笔勾》，把这地方的自然环境、文化道德，以及人们的形象和吃、穿、住等文明的东西，通通勾掉了、抹杀了，只剩下了荒凉、野蛮、落后。如对这地方自然景观的描写："万里遨游，百日山河无尽头，山秃穷而陡，水恶虎狼吼，四月柳絮稠，山花无锦绣，狂风阵起哪辨昏与昼，因此上把万紫千红一笔勾！"又如对这地方文人的描写："堪叹儒流，一领蓝衫便罢休，方才入黉门，文章便丢手，匾额挂门楼，不向长安走，嫖风浪荡荣华生享够，因此上把金榜题名一笔勾！"最后，他写道："圣人传道此处偏遗漏，因此上把礼义廉耻一笔勾！"王翰林的"七笔勾"成了回京向皇帝上奏章，请求与洋人讲和的依据。这件事一传开，激怒了当地百姓和主战派官员，纷纷告御状。庚子年间，光绪皇帝和慈禧太后到西安避难，定边县令丁锡奎等人专程去西安朝拜皇帝，再次申诉。光绪皇帝考虑到再不处理王培棻，会引起百姓造反。为掩人耳目，平息民愤，便宣布王的奏章无效，并革除王翰林院士之职，贬往某地任七品县令。此事方告平息。

事实胜于雄辩。自古以来，盐池就是个好地方，民风民情淳朴，道德文化深厚，也不乏文人彦士。唐代著名诗人李益的《盐州过饮马泉》，开头两句便道出盐池是个地肥水美的好地方："绿杨著水草如烟，旧时盐州饮马泉。"明人胡侍的散文《铁柱泉颂》，生动地描述了盐池良好的自然环境，重要的边防地位；明代张珩的《防秋》诗，真实地反映了昔日盐池和平安定、宜农宜牧、五谷丰登、六畜兴旺的景象："兴武营西清水河，牧童横笛夕阳过，逢人报到今年好，战马闲嘶绿草坡。"

再说盐池的文人。据《盐池县志》记载，清朝以前约有20人，主要是外地来盐池做官或游历巡视过此地的武将、文彦，他们留下了不少佳作，多为诗词赋骈。雍正至乾隆初年，盐池惠安堡出了个大儒，叫谢王宠，才华横溢，官至翰林院士，人称谢翰林。谢王宠小的时候，某一年春季的一天，放学回家的他在街上行走，天下着雨，道路泥泞，不小心滑倒，跌得一身泥水，很狼狈，惹得路人哈哈大笑。谢王宠出口成章，予以回敬："春雨贵如油，下的满街流，滑倒谢学士，笑坏一群牛。"清末至民国，盐池出了不少文化人，多数在政界、教育界，而真正称得上诗人作家的极少。20世纪三、四十年代，盐池出了三位诗人，名气不小。一位是李季，1945年秋任盐池县政府政务秘书，利用工作之余，创作了长篇叙事诗《王贵与李香香》，一炮打红，成为新中国新诗的开山之作，作者因此而成为全国著名诗人；一位是王有，城郊四墩子村农民，会编诗歌、快板，是个不识字不拿笔的口头诗人，堪与陕西农民诗人王老九媲美，诗作有《红军打屈县长》、《父子揽工》、《四季生产歌》等，至今在流传；还有一位是朱红兵，也写诗，时任盐池县三区宣传干事，1958年任宁夏文联副主席，代表作有长诗《沙原牧歌》等。

"文革"后期，盐池文学人才逐渐多起来，起初有马广建、张荣、张树林等，后来有王庆同、高耀山、张树彬等。

十一届三中全会以来，盐池的文学人才如雨后春笋冒出来；进入新世纪，已形成一个20多人的文学创作群体；他们思维敏捷，创作活跃，不断有作品见诸报刊。主要有张树林、张树彬、侯凤章、邓鸿为、郭鹏旭、马自军、张志远、张联、施原钰、高强、郭凤虎、王天鹏、安学军、周永祥、白永刚、冯丽霞、王金霞、王金风等；从盐池走出去的，仍在坚持创作的有王庆同、高耀山、闵生裕、杨天林、田间、郭可峻等。

就像在旷野里植树，盐池的文学人才先是一棵一棵独立生长，自生自灭，后来逐渐连成一片，虽然高低不一，强弱有别，但长势看好，个个挺拔向上。因而，我们有理由相信，他们必将发展成一片茂密的树林，必将有脱颖而出，木秀于林者，进而成为大手笔，创作出佳作精品而昭然于世。

创作活跃　摇曳多姿

历史上，盐池地处边关要塞、长城脚下，因而留下不少脍炙人口的边塞诗词。在我有限的阅读范围，看到反映盐池的旧体诗词赋骈和游记碑文墓志铭等文章约60多篇（首），其中唐代著名诗人李益的《盐州过饮马泉》，白居易的长诗《城盐州》，堪称经典之作。明清两代留下的诗词最多，王琼的七律《九日登长城关楼》，冯清的长诗《边人苦》，周澄的五绝《盐池诗》，郭楷的五绝《边墙》，以及民国回族诗人达祥典的《花马池怀古》、《登盐池县城》、咏"盐池十景"等诗词，都是脍炙人口的佳作。

可能是受古诗词的影响，盐池早期的三位文学爱好者，依然以诗歌创作而出名。20世纪70年代的马广建、张荣、张树林也是从写诗、编快板开始文学创作的，最有成就的是张树林，其长篇叙事诗《红杜鹃》，与李季的《王贵与李香香》有异曲同工之妙。

十一届三中全会以后，盐池的作者同全国文艺工作者一样迎来了盐池文艺的春天，文学创作出现了前所未有的新气象，小说、散文、诗歌、评论、报告文学等均有新人力作产生，有的在国家、省级报刊发表。颇有影响的有王庆同的散文《碾房里的灯光》，张树林的短篇小说《叼一嘴》，施原钰的短篇小说《我的父亲我的家》，张树彬的小剧《两过秤》，张志远的散文《轻点，隔墙有耳》，侯凤章的散文《山村秋夜》，高强的报告文学《大漠中，有一片北京红叶》，郭鹏旭的短篇小说《苍白的仇恨》，郭凤虎的散文《双拐撑起的身影》，邓鸿为的散文《母亲》，王金霞的散文《荞麦面飘香的院落》，王天鹏的散文《那片焦渴的高原》等等。更引起人瞩目的是近年来各类文学作品集接连出版，就我所知，多人作品选集有1990年张树林主编的《沙原风采》，2006年李耀强主编的《高天厚土》。个人出作品集的有张树林、张树彬合著的长篇传记《马鸿逵传》，已故老干部王其祯的长篇小说《生活之路》、《烈火风云》，侯凤章的散文集《火热的羡慕》，邓鸿为的综合文集《梦系杏坛》，郭鹏旭的综合文集《蛮荒中的元神》，冯丽霞的长篇小说《再渡银河》、《城东城西》，张联的诗集《傍晚》和散文随笔集《村间集》，王金霞、王金凤合著的综合文集《春暖花开》，张志远的综合文集《远山朦胧》，等等。从盐池走出去的作者出专集的有王庆同的散文集《岁月风

雨》、《边外九年》，新闻专著《新闻写作基础二十讲》、《桥梁和手杖》；闵生裕的杂文集《拒绝庄严》，散文集《都市牧羊》；高耀山的长篇小说《风尘岁月》、《激荡岁月》、《烟火人家》，短篇小说集《春播集》，散文集《沙光山影》、《黄土绿叶》、《热爱大地》、《真诚的记录》，文论集《与文学有关》；田间的诗集《窗外有雨》，散文集《葫芦蔓吊着的村庄》。

综观上述作品，色彩斑斓，各领风骚，也不乏可圈可点之作。归纳起来，主要有以下特点：

情系故土。故土是一个作家常写常新的题材，也是最有价值、最有个性的取之不尽用之不竭的资源，是一笔宝贵的财富。三次获得鲁迅文学奖的女作家迟子建说："故乡，是上天送给我的爱人。"因而作家爱故乡之情会保持一生，在创作中常常自然地流淌出来。盐池的大多数作者认识到了这一点，所以立足于这片热土，深怀对家乡的炽热爱恋，对父老乡亲的敬意和感念，把身边的人和事，构思创作出深情厚意的文章。盐池作者作品的百分之八十都是写故乡的，字字句句透着热爱故土、热爱生活的情愫。他们是故土的忠实守望者，在他们心中，故乡永远是一片热土，一片乐土，是自豪与快乐，是永生不灭的梦，因而提笔即书，顺手拈来。一位诗人说过，找到故乡，就是胜利。从这个意义上说，盐池作者是胜利者。

健康向上。王安石说过："所谓文者，务为有补于世而已矣。"所以，优秀的作家，都有一个共同的精神特征，那就是把对读者产生积极的人格影响当作自己写作的重要责任和根本目标。就是说，作品内容要健康，要引人入胜，奋发向上。可是，就这么简单的问题，在文艺界有的作者还是做不到，有的在创作实践中，放弃了起码的"道德责任"，见利忘"艺"，以丑为美，格调低下，俗不可耐，甚至极力渲染阴暗、病态的情节事象，以此满足低级趣味者的嗜好。盐池的作者不跟风，不媚俗，不随波逐流，他们有自己的道德良知，坚持走正路，出作品，弘扬主旋律，歌颂真善美。这些年来，所创作的大量作品，绝少有粗鄙丑恶、不堪入目的东西。说明他们是一批有责任心、有操守、有使命感的为时代和人民而写作的文艺工作者。

　　贴近生活。生活是文艺创作的源泉，这是个老话题了。自1942年毛泽东《在延安文艺座谈会上的讲话》提出后，已有65年。然而，尚有一些文艺工作者并未认真践行，至今仍有闭门造车、胡编乱造、无病呻吟、小资小调的作品泛滥。阅读盐池作者的作品，则能闻到泥土的清香、野草的芬芳和农烈的生活气息。这与作者常年和群众滚在一起，"泡"在生活里，血肉气息相融相通密切相关。因而，他们的创作素材是原始真实的，语言是鲜活有味的，人物是有血有肉的。如张树林《红杜鹃》中马二旦与三毛的对话："老虎口里莫久站／你快快领上我朝南转"，"你爹有钱你是福蛋蛋／咋想起跟上我个穷鬼受熬煎？""三毛生性不随爹／哥哥再穷我心喜欢。"近百行长诗，仅此三句对话，就把一双反抗封建包办婚姻、追求自由恋爱、忠贞不渝的青年男女表现得活灵活现。又如郭鹏旭在短篇小说《马车夫的鞭子》里写道，经常劁猪骟驴的马车夫从远方舅舅那里得了一套半新不旧的公安制服回家时，被正在挖甘草的八瘸子的婆姨看见了，就损他："远看是个办案的，近看是个骟蛋的。"一句农民式

的幽默话，使一位村妇俏皮泼辣而又智慧的形象跃然纸上。

"纸上得来终觉浅，绝知此事要躬行"。以上这些鲜活有味的语言，惟妙惟肖的细节，绝对是从生活里打捞出来的，坐在书斋里永远写不出。

扬长避短　开拓创新

盐池的文学创作已经取得可喜的成绩，但我们不能盲目乐观，应该清醒地看到，还有许多薄弱环节和明显的不足，如，多为感动人的作品，鲜有震撼人的作品；多为记述乡土的作品，少有超越乡土的作品。现在的情况如一句广告词所说"只有更好，没有最好"。

下面，谈几点不成熟的体会和建议。

避免题材重复，架构雷同。翻阅盐池文学作品多人选集或个人选集或单篇文稿，就会发现不少写荞麦、荞面、苦苦菜、羊奶子、长城、盐池、荒漠，以及过年过节等风情民俗的事和人、景与物的散文，随笔，诗歌等，不仅题材重复，构思雷同，甚至连标题都一样，这不是好现象。其实，题材重复属创作之正常现象，文学作品有的题材是永恒的，可以一而再再而三地去写，也可以常写常新。问题在于怎么去写，即怎样去发现生活，思考生活，提炼生活，描写生活。一个作家的本事在于敢在别人已经占领的土地上去耕耘，做到你种你的瓜，我播我的豆，做到豆的利润比瓜的厚。土耳其著名作家奥罕·帕慕克（2006年长篇小说《我的名字叫红》获诺贝尔文学奖）在诺贝尔文学奖颁奖典礼上的演讲中说："作家的任务是将司空见惯却又无人深思的问题，通过发现、深化、传播，让读者看到，原来熟悉的世界竟蕴涵如此神奇，使读者乐于重新审视。"看来，问题的关键在于能够在别人已经写过的或漫不经意的题材上，在大家习以为常的时空中，找到惊骇，找到神奇，找到出人意料的角度，写出让人突兀和惊喜的新意，这是需要有点真功夫的。如果做不到这一点，就不要去拾人牙慧，照猫画虎了。最明智的做法是避开。大家一定听说过诗仙李白登黄鹤楼题诗的故事。李白是个天才诗人，有"李白斗酒诗百篇"之说，下笔如有神，到哪儿题哪儿。一次，登上黄鹤楼，诗兴大发，正要挥毫题诗，发现一首《黄鹤楼》赫然入目："昔人已乘黄鹤去，此地空余黄鹤楼。黄鹤一去不复返，白云千载空悠悠。晴川历历汉阳树，芳草萋萋鹦鹉洲。日暮乡关何处是？烟波江上使人愁。"读罢，觉得再题，也超不过这首诗，便只题了两句："眼前有景道不得，崔灏题诗在上头。"转身去了。我们不妨学习古人，别人写过的题材，自己再写不出新意，就放弃。

要从大处着眼，小处下笔。所谓大处着眼，就是要高境界，大视野，心胸要阔，眼光要远，像鲁迅先生那样，站在世界看乡村，永远保持一种飞翔的境界。文学创作的高境界和求仙访道一样，是为了至真至纯。写作不仅仅是个人的事情，它和时代、国家、人民的前途命运息息相关。我们正站在中华民族伟大复兴的历史起点上，正处在一个波澜壮阔的新时代，我国改革开放和现代化建设也进入又好又快的时期，西部大开发如滚滚洪流奔涌，这些都为我们提供了纵横驰骋的广阔天地。文学以独特的魅力鼓舞着我们去追求更高更远的境界。因而，我们不能将自己禁锢在一个狭小的范围

内，热衷于小情小调、琐事庸事。这跟题材小是两码事，小题材完全可以写出大文章大作品。壶里乾坤大，尺幅见千里。关键在于大境界、深开掘。盐池可写的题材很多，有边塞历史题材，明代以前，这里是边防要塞，如古长城、铁柱泉等战事遗迹；有汉代的张家场古墓群；盐池县是革命老区，是陕甘宁边区西北大门，红色题材很多，如红军西征解放盐池，解放战争时期的游击战争，边区大生产时期的食盐开采运输、支前生产等等；人物题材有：清雍正年间的翰林学士谢王宠，辛亥革命时期鸦儿沟高登云的灵州起义等；更丰富的题材是改革开放以来，各行各业建设中的英雄人物和感人事迹，以及建设成果等等。这些得天独厚的创作资源，别处没有。我们可以大做文章，做大文章。

所谓小处下笔，主要是指作者的创作心态和要领。一是创作心态要静，即不为世俗的名利和烦嚣所左右，平心静气地去写，要有耐心，不浮躁，不急功近利，不赶急图快，要从容不迫，平和舒缓，曲里拐弯，娓娓道来，如清风细雨滋润万物，不可大水漫灌。创作跟干别的营生不一样，慢工出细活，欲速则不达。二是创作要领就是写细节。小说小说，从小处（细节）说起之谓也。不光是小说要有细节，传记文学、散文、纪实文学，哪个不是靠细节致胜？诗也要写细节。美国著名诗人约翰·西亚迪谈到优秀诗人的诀窍时说："要表现，不要陈述。"怎么表现呢？靠细节，靠描述。情节易得，细节难求。细节不是虚构的，是从生活中打捞的，这是考验一个作家的硬指标。

长篇小说创作要慎重。这是个复杂而不轻松的话题。巴尔扎克说过，长篇小说是一个民族的秘史。茅盾说过，要认识一个民族，最好读这个民族的小说（主要是长篇）。可见长篇小说是衡量一个民族、一个国家的文学标志之一。一个民族、一个国家要想屹立于世界民族之林，强大的文学（小说尤为重要）的支撑力量必不可少。所以毛泽东曾经说，没有《红楼梦》，中国人就骄傲不起来。进入新世纪以来，我国长篇小说创作如火如荼，每年以1000余部的数量问世，真是丰收在灾了，从正面看，是文学事业大发展，文学人才多了；从负面看，是创作泛滥，是名利诱惑的产物，是轻率而为的泡沫现象。乐观估计，每年1000余部的长篇小说，真正有300部上档次，就烧高香了。产量上去了，质量上不去。这是不争的事实，数量"浮肿"，质量"贫血"，并直接导致阅读审美倦怠，已成为一种令人担忧的趋势。

长篇小说是生活和时代的艺术记录，本质是一种追忆。逝去的，在追忆中得以复活，把历史与未来，现实与理想，此岸与彼岸连接起来，更多的关注点在人物的命运和生活状态上。

长篇小说是结构的艺术，有事件型结构，人物命运型结构等，无论什么型结构，都应从历史的深度，时代的高度，生活的浓度去构筑，去升华。中国古典小说把结构推到了极致。

长篇小说更是想象的艺术，是天才的虚构，是美丽的谎言。梦想成真，对于世人是美好的祝愿，对于作家则是一种快乐，是拿手好戏。作家必须有弄假成真的能力，假如作家有一天丧失了想象力，不会弄假成真，那么他（她）的创作就死亡了。可见想象力才是作家最基本的生产力。

长篇小说不是传奇故事，而是文学，它最终的目的是写人。脚踏实地写人，把人物写透，这是小说的正途，是最

见功夫处。茅盾说："人是我写小说的第一目标。"高尔基说过，文学是人学。离开了人的描写，不在作品中努力塑造典型环境中典型人物的典型性格，就不算是小说，等于白写了。对于创作长篇小说的作家来说，至关重要的是认识并理解生活中的事物和人物性格，写出人物的丰富性，多样性，复杂性，即人的个性和感情。小说不仅仅反映人物的生活状态或生存状态，更追究人的内心世界，想象人的精神历程和命运。小说家的职责不仅仅是求证人为何这样，还要探索人应该怎样和可能怎样。

我建议，写长篇小说的同仁，要慎重，要深思熟虑，做好充分准备后再动笔，不能脑子一发热就仓促上阵。一旦写起来，则要耐着性子慢慢进行，如挖矿藏和掘井一样，一镢一锹往深挖，切不可操之过急。做不到曹雪芹写《红楼梦》那般"一把辛酸泪"，"披阅十二载"，起码要像陈忠实创作《白鹿原》那样磨洋工，干上五年。一部长篇小说的创作就是一场文学的马拉松长跑，不仅考验作家的耐力和体质，更考验其创造一个人所未见的奇异世界的能力。某种程度上讲，长篇小说就是对作家描写的一丝不苟、从容不迫的耐心的认证。所以，我们绝不可放弃"十年磨一剑"的创作精神，以"脑要冷，心要静，手要慢"的精神状态去写。

总之，文学创作是精进不息的远征，只有脚踏实地、一步一步朝前赶，才有希望到达目的地。投机取巧或赶急图快，都会得不偿失，半途而废，因为路不饶人。

（2007年12月10日）

好雨知时节

——读《宁夏文化蓝皮书》

　　齐岳先生赠我一本《宁夏文化蓝皮书》（宁夏人民出版社2007年6月出版），装帧精致，大气厚重，散发着淡淡的油墨清香，让我爱不释手，便急不可待，先睹为快。卒读掩卷，禁不住联想到杜甫的《春夜喜雨》："好雨知时节，当春乃发生。随风潜入夜，润物细无声……"顿觉耳目一新，满心清凉。

　　当前，宁夏各族人民同全国人民一样，正认真学习胡锦涛总书记"6·25"讲话及构建和谐社会加强和谐文化建设的有关论述，贯彻自治区第十次党代会提出的"全面落实科学发展观，奋力开创宁夏跨越式发展的新局面，建设经济繁荣、民族团结、社会和谐、人民富裕的新宁夏"。适逢如此大好时机，《宁夏文化蓝皮书》付梓行世，犹如及时好雨，令人欣喜。这对于我们加深理解社会主义和谐文化建设的重要性，了解宁夏文化的历史与现状，以及加快宁夏文化建设等，具有实践性、可操作性和指导意义。

　　近年，宁夏集中出版了一二十部有质量、有分量的大型图书，如《宁夏赋》、《宁夏羊皮书》、《宁夏通史》、

《宁夏历史名人》等等。有的成为宁夏的品牌，有的成为宁夏的名片，在挖掘民族地区特色文化和传统文化资源，提升宁夏文化品位，宣传宁夏等方面产生了重要影响。现在，《宁夏文化蓝皮书》的隆重推出，又为宁夏文化精品再添一"精"，可喜可贺。

《宁夏文化蓝皮书》遴选30篇文稿，30万言，以"总报告"、"专题研究"、"文化体制改革探讨"、"专家论坛"、"宁夏文化个案研究"和附录6个栏目展示，编排精巧，内容丰赡，资料翔实。选文从不同角度、不同层面，对宁夏文化进行总结、论述、分析、研究与探讨。有对宁夏文化历史的回顾与挖掘，有对宁夏文化现状的推介与分析，有对宁夏文化成果的评价与总结，有对宁夏文化体制改革的探讨与思考，有对宁夏文化发展前景的预测与展望……见解独到，论述精辟，思考深刻，堪称宁夏文化建设理论与实践相结合的典范，诸位文化精英思考的结晶，充分体现了编者的眼光。

《宁夏文化蓝皮书》使我们获益良多，尤为重要的是，让我们对和谐社会、和谐文化，以及宁夏文化建设有了进一步认识、理解和思考：文化是国家的根，民族的魂。和谐社会是一个政治、经济、文化功能互补和良性互动的社会，而和谐文化是和谐社会的重要组成部分，并且是最具核心意义也最难建设的部分。文化是无处不在的，与我们的生活息息相关；文化又是无形的，需要我们长时间的培养，不可能一蹴而就。和谐文化一旦形成，和谐社会的目标也就指日可待了。《宁夏文化蓝皮书》告诉我们，宁夏的文化实力，特别是对外展示的文化实力仍然比较弱小，外界对宁夏的了解还远远不够。在对外文化交往中，宁夏文化资源还未能很好地转化成真正意义上的软实力。因而实现宁夏和谐文化任重而道远，我们务必从长计议，科学地不懈地去努力，拿出足够的智慧、忍耐和毅力。

在出书成风，各类著作成灾的当今，《宁夏文化蓝皮书》是一本难得的好书，具有较高的阅读性、可操作性和收藏价值。可以作文化史籍珍藏，可以视理论专著研读，也可以当教科书使用。

（2007年3月4日）

《歌兰小令》序

与吟泠相识，还是在1990年代初，那时，她在当时还叫做贺兰县造纸厂的工厂打工，手中干的是出力流汗的粗活，心里却是一片清凉、细腻，在忙碌的工作之余，不间断的写写画画，做着作家的美梦。早先接触到的，是她一些随笔散文，平实、清新、简练，其中还有一抹淡淡的灵气。后来，她开始尝试着写小说，一点一滴，一字一行，而且在报刊杂志上陆续发表，愈写愈好，渐渐成了气候，终于有了这部小说集《歌兰小令》。

吟泠善于在生活里构架故事情节，在故事情节里塑造人物形象，借人物形象倾注思想感情。她小说里的主角几乎都是努力、认真而又心怀梦想的生活在底层的女性，她们有失意也有欢乐，有幸福也有愁怨，像生活中很多平平常常的人们那样，平平淡淡的过着喜喜悲悲的日子，吟泠只不过是用巧妙的文字把他们留在了纸上。如《刻在柏木上的水仙》中被队长奸污过的，但依然在内心深处渴望着一份真情的寡妇大仙；《青果》中因病盛年而殁的"还绿着皮皮"的珠子；《起飞》中做了大款情人农村教师秦小青；还有《金麦草》是单纯幼稚，情窦初开的乡下女孩胡小妹；《花娘娘》

中对生活永远失去了美好回忆的花娘娘；《青春小鸟》中懵懵懂懂的保姆佛香；《三月杏花天》中那个东山上云彩般的女人……在她们身上，或多或少，都落上了一层抹不掉的伤感色彩，这也是贯穿吟泠小说中最为明显的精神特征。还有一个明显的特征，就是她对于死亡这个永恒主题的平实叙述和冷静思考。胡小妹、珠子、大牙、"我"、毛鸭、卖花夫妻等的死……自始至终都在为她的人物和故事作着冷色的陪衬，这就使她的小说从整体上来看有一种低沉甚至压抑的基调。作者似乎并不刻意地歌颂生命，也不刻意地逃避死亡，两者既是自然也是偶然的交融在生活和时光当中，给人的视觉和心理上带来一种别样的平静感，仿佛就是要执意告诉别人，生活理应如此，也原本如此。这有点老庄旷达对待生死的意味。庄子曰："古之真人，不知说生，不知恶死。"是说古代真正懂得生命奥秘的人，没有觉得拥有生命有多么可喜，也不觉得死亡来临有多么可怕。我猜想，吟泠是读过一点庄子的，的确，作家读点庄子大有益处。

在吟泠笔下，"兰城"是一个格外温暖潮湿的字眼，由此看出，作者对她所生活的小城的眷恋、热爱和关注。她像所有依恋着故乡的作家一样，心灵没有离开过兰城，兰城是她心灵深处的根，她的每一篇小说，都连着兰城的人和事，都染着兰城的色彩。是兰城的秀丽，让她的作品恬静而淡雅；是兰城的风韵，让她的作品质朴且无华。对兰城的挚爱和关注，便是吟泠坚持创作的动力之所在，也是她的创作成功之所在。

当然，这部小说集当中难免有一些不足和遗憾，因为它收入的作品，时间跨度有十年之久，因而早期的作品与近期

的作品相比，无论语言文字，表现形式，故事结构，均有明显差异，前者浅显稚嫩，后者圆熟自然，文学创作上，这应该是很自然的现象。吟泠有意识地把它们收集在一起，说明她对自己作品的认识是清醒的，评价是客观的，这是一个作家趋于成熟的表现。

吟泠还年轻，文学创作之路还很长，愿她继续保持执著追求的精神和良好的创作心态，在文学创作的道路上走得更好，更远。

（2007年8月15日）

随笔不能太"随"

翻开报纸刊物，总有随笔可看，这是好现象。太平盛世，言论自由，文运畅通，作家们想说什么说什么，想写什么写什么，挥洒自由，无拘无束，读者也受益匪浅。在市场经济飞速发展的今天，生活节奏空前加快，时间紧，任务重，压力大，几分钟读完一篇好随笔，即便不会感到震撼，至少也会给心灵一点轻松，一点慰藉，一点启示。

然而，随笔的形势并非一片大好，阳光灿烂。也许是"萝卜快了不洗泥"的缘故，也许是对随笔理解不到位的缘故，也许是编辑把门开得太大的缘故，致使时下随笔丰收成灾，太滥、太浅、太俗，我把它归结为太"随"，即随心所欲，敷衍成文，给人的感觉是不严谨，少文采，无深度。这不仅作践了随笔，也败坏了文风。

具体说，随笔太随的突出表现有：

小题大作，肆意渲染。或道听途说，或捕风捉影，抓住一件平庸的乃至无聊的琐事与闲话，便借题发挥，作耸人听闻的加工，进行大演示，大推销，使之热闹起来，非凡起来。以此挑逗那些浮躁心灵，使少见多怪者好奇新鲜，闹出一些生气与活跃的假象。

缺少文采，广摘博引。或囫囵吞枣地引用几句古诗古言，佛学禅语，或东摘西抄一段洋人洋话，拼凑组装成文，以显示其博学多识，满腹经纶。如此文白夹杂，佶屈聱牙的随笔，卒读，就像喝了杯盐开水，又咸又涩，难受得半天透不过气来。

蜻蜓点水，缺少深度。或就事论事，东拉西扯，或高谈阔论，泛泛而谈，不见鞭辟入里的深刻分析，很少和风细雨的寓情说理，多是些激动偏颇的语言，以此迎合一些庸俗的情绪发泄。这样的随笔，有点像夏天的暴雨，呼雷闪电，来势凶猛，其实是水过地皮湿，里面依然干燥。

格调低下，俗不可耐。或搜集些不屑一顾的窥事，或涉猎些不值一提的绯闻，作津津乐道地描述、议论，拐着弯儿表现俗、丑、野性等所谓时尚的东西，美其名曰"以丑为美"。文学的审美性被"粗鄙化"所取代，以洒了香水的裹脚布文字，满足低级趣味者的嗜好。

以上弊病，虽属少数，但负面影响不可小觑，值得我们注意和沉思。

实事求是地说，随笔由于篇幅短小，承载内容有限，因而不可能进行宏大叙事，长篇大论。但是，随笔毕竟是文学作品，必须具备基本的道义担当和净化提示特质，必须引人向上，引人入胜。所以，优秀的作家都有一个共同的品质，责任感和使命感，把对读者产生积极的人格影响和道德影响，当作自己写作的重要责任和根本目标。美国大文学家福克纳说过："作家的责任永远是提醒人类不要忘记责任、荣誉和献身精神。"当然，要达到这种高度，不是一件轻松的事情。但也不是高不可攀，这方面有许多随笔高手，值得我们学习。远有李国文、邵燕祥、韩石山、蒋子龙，等等，近有牛撇捺、闵生裕、涂鸦、马河，等等。

我们必须持这样的立场：作为市场经济时代的随笔作家，不应该是个写作者，而应该是个有责任心、有道德感、有良知的具有批判精神的为人民而写作的人。随笔作家如能做到不急功近利，抱着"平和"的心态和认真严谨的创作态度，做到鲁迅所说的"选材要严，开掘要深"，我们就有理由相信，随笔不会走向庸俗化，随笔会解除眼下的病态，真正健康起来。

（2007年11月2日）

有坚持便有收获

——写给《黄河文学》创刊100期

《黄河文学》创刊15年，出版了100期。犹如一个呱呱坠地的婴儿，已经长成了风华茂盛的少年。看着我亲手接生并抚养过的孩子渐渐长大，渐渐成名，我感到由衷的高兴。

日前，在《黄河文学》创刊100期庆典会上，与会者踊跃发言，回顾了她的成长过程，给予她充分肯定和鼓励，认为《黄河文学》有出息，有抱负，长大了，变美了。由创刊时的双月刊80页小16开本，发展到今天的月刊128页大16开本；由创刊时的"三个半"编辑，发展到今天的七八个编辑；由创刊时租赁两间办公室，到今天住进敞亮的高楼大厦，等等，真是今非昔比，鸟枪换大炮了。

仔细想，《黄河文学》如果没有"咬定青山不放松"的坚持精神，就不会一路走来，步步向上；就不会有大容量、大气魄、大风范的风格；就不会在宁夏社科期刊质量评估中数次获一级、优秀奖；就不会每期有作品被国家核心期刊选载或入选有关书籍。

《黄河文学》坚持"二为"方向和"双百"方针，立足宁夏，面向全国，重视名家，扶植新秀的办刊宗旨，坚持

"关注心灵的秘密,提升人的品格"的办刊理念,诚心办一份首先能够拿回家让自己孩子看的杂志,办一份能够唤醒读者心中的温暖、善良和崇高的杂志。因而,她不低级,不媚俗,不跟风;追求高雅高尚,保持健康"干净",坚持发表贴近社会、贴近生活、贴近群众,弘扬主旋律,体现时代精神风貌的作品;因而,培养出一批文学新秀,如本地的吟泠、保剑君、林一木、陈晓燕、李壮萍、民冰、苏炳鹏、王佐红,等等,外地的樵楼、酉蕾宁、安庆,等等。他们有的已在全国报刊发表作品,有的已经出版专著,有的作品获奖或被国家级报刊转载,他们大都成为当地小有名气的青年作家和文学骨干。

《黄河文学》把栏目看作自己的名片和窗口,精心打造,苦心经营。创刊以来,固定栏目有"小说天地"、"散文大观"、"当代诗人"、"时代报告"、"域外漫笔"、"说文谈艺"等七八个,随着形势发展,页码增加,刊期缩短,以及作者的喜好需求,编辑们"文随世变",花样翻新,不断调整变化栏目。除将个别栏目名称改动(如"说文谈艺"改名"黄河论坛"等),又增设一些新栏目,如"一频道"、"读典笔记"、"博客工厂"、"黄河艺廊"等,还根据稿源情况,设置了不固定的浮动栏目,如"散文诗萃"、"文苑撷英"、"走马黄河"、"青年诗人"、"左岸小说"等等,零零总总,合起来有20多个,丰富多彩,蔚为壮观。

栏目不仅反映刊物的特色和导向,也是作者发表作品的园地,能够吸引和团结不同口味的作者和读者。如"旧体诗词"栏目,读者誉之为"独一无二",开辟迄今,吸纳了海

内外众多喜欢格律诗词的老中青诗人的诗作，起到了弘扬中华民族优秀文化传统的作用；"文苑新秀"、"校园文学"等栏目，为文学新人搭建了做作家梦的平台，是刊物发现和培养文学新人的有效途径；"黄河论坛"栏目为作者提供说三道四，显才露智的版面，文坛风云，尽收眼帘；封二"寄语黄河"栏目是一道靓丽的风景，每期发一位著名作家的照片与寄语，创刊迄今，从未间断，不仅积累了一笔弥足珍贵的资料，且极大提高了刊物的品位和知名度，谓"金不换"栏目。

在刊物如林竞争激烈的当今，一份地方文学期刊能否站稳脚跟，进而跻身于全国期刊之林，关键在于刊物的文采，在于有无吸引人的好作品，读者不仅要看设计装帧的精美，更要看内容的精致深刻。《黄河文学》坚持"好作品主义"，坚持质量第一。翻阅浏览100期，期期都有好文章，期期都有大名家。新时期以来，活跃在中国文坛上著名的老中青作家，走进《黄河文学》的有100多名。粗略统计有：萧乾，于光远、姚雪垠、高晓声、公刘、曾卓、绿原、邹燕祥、彭燕郊、贾植芳、马烽、谌容、王蒙、李瑛、邓友梅、何满子、雷达、雷抒雁、陈忠实、崔道怡、史铁生、蒋子龙、王尔碑、张抗抗、贾平凹、张贤亮、二月河、韩石山、周同宾、邓刚、范小青、王剑冰、丁芒、牛汉、石天河、耿林莽、化铁、罗飞、周翼南、孙钿、周明、林非、李耕、谭谈、聂鑫森、李元洛、翼汸、林希、顾征南、朱铁志、冯积岐、陈实（香港）、舒非（香港）、高莽、柯蓝、胡征、姜弘、王小鹰、李存葆、王安忆、叶延滨、高深、木斧、高平、高洪波、胡平、叶广芩、张海迪、韩少功、张承志、周大新、高建群、周国平、李敬泽、董立勃、牛正寰、张武、戈悟觉、马知遥、秦克温、高嵩、吴淮生、肖川、石舒清、陈继明、郎伟、荆竹、查舜、南台、杨森翔、何绍俊、李建军、红孩、王宗仁、丁帆、陈思和、韩小蕙、蒋子丹、红柯、毕飞宇、何向阳、黄培佳、白烨、邱华栋，等等，群贤毕至，高手如云。一份市级文学期刊，短短15年100期，荟萃了这么多名家大作，实属罕见。可以想见，编辑们付出了多少热诚和汗水。

《黄河文学》能有今天的收获，是编辑们坚持不懈，默默耕耘的结果。编辑这一行是为他人做嫁衣的苦差事，不分春夏秋冬，没有淡季旺季，年复一年，日复一日，看不完的稿子，校不净的差错，稍有疏忽，便会留下追悔莫及的遗憾。没有耐得辛苦耐得寂寞耐得名利和精益求精，坚持到底的献身精神，是吃不了这碗饭的。《黄河文学》的编辑一茬接一茬地坚持到今天，难能可贵。坚持是理想与信念，是守望与追求，是负责任的态度，是干好事业的前提和保证。过去的坚持，有了沉甸甸的收获，未来的岁月和路程很长，更需要坚持。坚持就是胜利！

我作为创办《黄河文学》的首任主编，在这喜庆的时刻，心情格外激动，有喜悦，有自豪，更多的是祝福和希望。

祝愿《黄河文学》再接再厉，不断创新，取得更大的收获。

希望《黄河文学》与时俱进，奋力攀登，走向文学名刊的高地。

（2008年1月11日）

绿地文学丛书

别具一格的写作

我一直在关注王佩飞的小说创作。他是个执著文学而又勤奋多产的业余作者，坚持写作20多年了，迄今为止，已发表中短篇小说200多篇，出版小说集3部。近几年，创作步子迈得更大，每年都有近20篇小说在自治区内外多家刊物发表，并有小说获奖或转载。如中篇小说《权术》在2006年宁夏文艺评奖中获三等奖；短篇小说《跑水》被2006年《小说月报》第12期转载；《奔跑的树》被2007年《小说月报》第6期转载；《水笑的声音》被2007年《小说选刊》第11期转载；《古器》被2008年《小说月报》第2期转载；《谶语》被2008年《小说选刊》第3期转载；《带着村庄上路》被《小说选刊》作为最佳小说特别推荐。

王佩飞的小说成了气候，有了响声，已进入读者和批评家的视野。近两年，不断有读者、作家和评论家在网上点击，在报刊发表评介文章。

王佩飞以独特的审美眼光，摄取题材，构思炼意，布局谋篇。他的小说以"小"见长，即故事短，场面小，人物少，无大冲突，篇幅短小，显示出精短精致的风采。其小小说超不过两千字，短篇小说大都七八千字，如被转载推荐的

6个短篇最长的也不过万字，最短的6000多字。他深知，小说不是以篇幅长、故事完整为目的，篇幅和故事只是载体，重要的是它的"含金量"，即带着作者深层次的意蕴，给读者以美的愉悦、生活的思考和认识世界的思想容量，等等。《水笑的声音》就有这样的特质，8000余字，二三个人物，故事简单得可以用两句话概括：天大旱，正灌浆的小麦快成柴禾。老蔫给吕管水出歪点子瞒过了乡支书，夜里偷着给中原村开闸放水，救活了小麦。故事虽短，意味深长，为读者留下充分的想象空间和思考天地。看来，写小说不是"说"的功夫，而是"不说"的功夫。然而，短小不是简单，不等于肤浅，它是外观小，内里大。这"小"是精炼，浓缩，更是含蓄，即作者能够在平淡无奇没有故事的地方掘出故事，在熟视无睹被人忽略的角落窥见亮点。这"大"则是以小寓大，含蓄深邃，耐人寻味，让人思而得之，或展开想象的翅膀去翱翔。《奔跑的树》便是一例：村长外出打工，请修文替他操心村里的事。修文尽职尽责，带人往玉米田里挑粪；掏钱雇有福老爹夜里防贼护村；劝解苏大妈与儿媳别哭闹……里里外外、吃喝拉撒、家长里短、打架扯皮，弄得修文头疼为难，大伤脑筋。掩卷沉思，方觉底层群众生活的艰辛，基层干部工作的苦恼，进而想到"三农"问题的重要性和复杂性。足见，作者非常熟悉底层民众，十分关注弱势群体，又有不凡的构架精短小说的艺术功力，所以能够连篇累牍发表转载精致好读、内涵丰厚的小说。他的小说特征，是外在动作"小"，内里动作"大"，最大可能地挖掘艺术内涵。因而读之通俗流畅，思之深厚凝重。用中国道家的话说，是"壶里乾坤大，杯中日月长"。

文学创作是语言的艺术。创作的难度在于语言的运用和把握，这是衡量一个作家作品质量、风格、特色等的标尺之一。王佩飞能够把社会生活和社会的人，描绘成生动精彩的文学场景与人物形象，赖于他的语言功力和准确地把握运用，赖于他独特的语言风格特色。

王佩飞的小说语言，一是质朴通达，平民化，口语化，新鲜有味，乡土气息浓烈，生活热浪扑面。《水笑的声音》开头写道："乡长说，操，老吕，你咋日弄的？咋让人家抓了你的七寸嘛！"吕管水一头雾水，"咋话了？哪个鸟人闲的X痒，找我老吕撩骚哩。"没有形象刻画，没有心理描写，仅仅一问一答，两句有趣生动的对话，干净利落地使两个性格率直、语言拙朴而粗鲁的乡村干部（吕管水曾是村主任）跃然纸上。再看《奔跑的树》里一段精彩的描写：早晨，修文看着眼前的"鸡们有好几只，其中有只大红公鸡，它迈着欢快的小碎步子在院子里转了两圈后，爪子在地上飞快地刨几下，又在灰土里涮了几下尖嘴，拍了拍翅膀，仰头豪迈地亮了几声嗓，便箭似地蹿到一只芦花母鸡身上抖擞起来。修文这时想起了人知羞不知足，动物知足不知羞的话，不由得笑了。"这等质朴有味的语言，大俗而大雅，通俗而明白，老少男女皆懂。群众自然喜闻乐读，自觉共鸣，从中受益。二是幽默睿智，寓庄于谐，俗语、俚语、歇后语的巧妙运用，更增添了小说的艺术色彩和魅力，拉近了读者与作者的距离，容易产生亲切感，会有滋有味地读下去。如《水笑的声音》里另一段有趣的描写："书记对吕管水不大感冒，年终时要换掉吕管水，……乡长便又找了吕管水，说你死也莫认。认了你得娃娃家拉屎，要挪窝窝了。吕管水豪气冲了脑门说，他姐个尻子，挪窝就挪窝。"作者没用直接批评褒贬的文字，而是选择了俗语俚语歇后语，幽默轻松地讽刺了书记的官僚作风和吕管水的狡黠、粗犷性格。又如《奔跑的树》里有福大爹唱酸曲时形象的滑稽诙谐，场面的热闹有趣："有福大爹的门牙只剩了一个，关不住风，每唱一句就吸溜一声。老汉们笑得前俯后仰，说莫看有福奔70的人了，还骚情得很哩。"寥寥数语，寓庄于谐，将大苦大乐的老农们和念想旧情的有福大爹表现得淋漓尽致。如此幽默诙谐的语言，在王佩飞的小说中，贯穿全篇，随处可见。

艺术的力量，来自于作家对生活的体验与感受。王佩飞有着丰富的生活阅历，又善于观察思考，勤于构思动笔，故而他对生活的理解、对艺术的感悟深刻独到，写起来得心应手。更由于他来自基层，深知群众的苦乐，了解民俗风情，故而他的小说"纸上尽是民间烟火，笔下皆有百姓冷暖"。已然形成了他的小说构架短小隽永、内涵丰厚耐读、语言鲜活幽默的风格特色，在宁夏作家中别具一格。

最后，我对王佩飞今后的创作，只提一个字的希望：慢。对于小说创作而言，慢，不只是速度，还包括心态，写作技巧和方法。慢，是对一个作家走向成熟的考验。这跟骑自行车一样，新手总是骑得快，骑慢了就会跌倒。高手骑得很慢，却跌不倒，这是练出来的真功夫。其中奥妙，佩飞感悟不浅，正在践行。相信他能够经得住这个考验，成为慢骑稳行的高手。

（2008年1月4日）

小小说是好东西

——在青铜峡市文学作品研讨会上的发言

这个题目是我从群众中听来的一句话，原文照抄。可见群众是多么喜爱小小说。

群众为什么喜爱小小说？我想主要有两方面原因：一是它跟群众的距离近。小小说可谓是"草根"文学，"底层"写作，无论取材还是内容，大都贴近群众，贴近生活，说的是群众自己身边的人和事，小到吃喝拉撒，家长里短，大到村事国事，天文地理。庸常的琐碎的，高贵的宏大的，丑的美的恨的爱的，皆可以写进小小说，故事人物里填满了鲜活生动的文字，真切地诉说乃至"图解"着群众的喜怒哀乐，以及人生，价值、伦理观念，看了感到亲切真实，容易发生共鸣。因而，群众把小小说看作是为自己"鼓与呼"的好东西。二是它短小精练。一篇小小说只截取生活长河中一朵浪花，只编织一个短故事，只塑造一两个人物，字数最多不超过两千，少则几百字，甚至几十个字，却铺陈得有板有眼，有滋有味。读者忙里偷闲，三五分钟就可以读完。读后，则余味不尽，耐得咀嚼。这样的文学作品，群众怎能不喜闻乐读呢？

包作军、鲁兴华、丁洪山等，深谙小小说之道，又常年生活在基层，最了解民情民意。因而抱着天然的爱心和同情心，运用小小说的形式，坚持逼近生活的原汁原味的"草根"写作，终于写出了今天的不同凡响，出版了专著，获了奖，作品被多家书刊收入或转载，成为青铜峡乃至宁夏文坛一道抢眼的风景。他们的小小说有着共同的特色，即文风朴实，语言有味，故事人物多是本乡本土的，具有鲜明的时代性、现实性和针对性，把底层生活表现得酣畅淋漓。读之，有一种原生态的生命质感，有一股清新的田野之风扑面。

当然，要把小小说写出精致精美，写成精品精典，是一件很难的事情。小小说创作跟散文创作一样，易学而难工。难在什么地方呢？我以为主要难点在思想内涵、结构技巧、语言艺术等方面的开掘、构思和修炼。

小小说作为一种文学创新，它不是小品，不是故事，不是短篇小说的缩写，它是有独立品质和尊严的一种文学样式，不仅具备人物、故事、情节等要素，还携带着小说文体应有的精神指向、思想内涵、艺术品位和智慧含量。好的小小说，总是有一个很深刻的思想，或博大，或深远，甚或朦胧模糊，像个多义词。一位知名作家说过，好读，好懂不算好作品；不好读，不好懂亦不算好作品；好读而又不好懂则是好作品。这话对小小说创作不无裨益。小小说的主题开掘愈有深度，其含金量就愈高。笔底见波澜，壶中有乾坤，是小小说追求的目标，也是对作者的考验。

小小说首先是结构的艺术，结构站住了，这篇小小说就成功了一半。结构多种多样，新、奇、巧为上，而结尾更是关键，一个意外的结尾，会留给读者一个想象的空间，这

空间的大小，决定着小小说绝妙、出彩之高下，也是作者智慧、艺术功力和思想境界的反映。小小说最精彩的结尾有精密慎判后的"临门一脚"，简洁明晰的"临床一刀"，关键时刻的"一锤子砸出火花"等所谓的绝招。殊不知，这全是小小说大师欧·亨利早已用过的结尾的翻版。如果大家都在这条"结尾"小道上拥挤，必然会堵塞走不远。只有不断创新，在结构结尾上另辟蹊径，才有出路。

文学是语言的艺术。小小说的短小要求作者，务必对文学语言的极致追求。因为小小说是文学入门一条捷径，从者甚众，多有靠编故事、思结构而乐此不疲者，少有在语言上狠下功夫者。如此情形的取巧，很容易落入惯用的窠臼，难以使小小说"柳暗花明又一村"，致使不少作者长期在原地徘徊不前。归根结底，是过不了语言这一关。语言是一门很大的学问，不是三言两语能说清的，但小小说的语言要求，有两点至关重要，即通俗、精练。《三言二拍》的作者冯梦龙有两句话值得铭记。他说："话很通俗方传远，语必关风始动人。"他说的"语"就是表达，"风"指世道人心、人性人情。意为通俗的语言表达关注世道人心、人性人情，才会感动人，流传广远。如果故作高深，咬文嚼字，写一些与谁也不相干的事情，谁愿意看？所以用朴实的大白话说出文学性，那才是高境界，好文章。语言通俗了还要精练，小小说因其快速、灵活、小巧玲珑的特点，要求写作者必须惜墨如金，言简意赅，语言要精练精美。如果啰啰嗦嗦、汤汤水水说了一大堆，还未说清楚，这等于给读者送了一碗白开水，寡谈无味，群众看了必然会摇头。所以，小小说创作者一定要在语言上下功夫，说白了，就是要过好语言通俗精练这一关。

　　文学的生命在于创新，小小说尤其要创新。在当下的文学大家族里，小小说有成千上万的作者，有汗牛充栋的作品发表出版，有数以万计的读者，这就向小小说作者提出了严峻的挑战。能否突出重围，能否超凡脱俗，创作出与众不同出类拔萃的新作力作，这就看你的本事了。作家的本事在于对新的题材，新的人物，新的故事的发现，更在于敢在别人已经占领了的土地上耕耘收获，而且我的收获与你的不一样，甚至比你的更有价值。谁有这个本事，谁就会成为小小说的大手笔。

　　　　　　　　　　　　　　　　　（2008年5月23日）

播撒祥和　追求崇高

　　关于郭文斌的创作成果，以及作品的风格、特色等，不少的专家、学者、评论家、读者从不同角度做了大量分析评价，给予了高度肯定与赞誉，不再重述。我仅就他的创作理念，道德追求谈点感觉。

一

　　从郭文斌的作品可以看出，他的创作理念是平和温暖，是吉祥如意，是优美隽永。他的小说、散文、诗歌等，大都取材于他的故乡——苦甲天下的西海固，以及西北农村的凡人庸事，山川景物；大都从风情民俗入手，着力描绘底层民众的大苦大乐，想往追求；故事人物平淡平凡，却有情有趣，语言文字朴实精炼，却有滋有味。作品里填满了乡情亲情人情，洋溢着温馨祥和美好，读起来轻松，温暖，优美，有"润物细无声"的艺术魅力与效果。

　　长时间以来，我们读到以西海固为题材的作品，多是关切的，悲悯的，沉痛的，乃至是苍凉悲哀的，是令人揪心动容的倾诉性文字。是的，西海固是一片苦焦苦难的土地，由于历史的现实的政治的自然的诸多原因，使那里的人们长期过着穷困煎熬的日子，作家们尤其是生于斯长于斯的作家应当反映他们，关心民众疾苦、关心民族命运，关心社会进步，这是作家的良知和天然使命。然而，"苦难叠加"是底层文学创作中的一种不良倾向，如果过多的倾诉，过多的沉痛，便会给读者带来负面影响，使那里的民众陷入悲观失望。生活成了苦熬，成了无休无止的自我折磨，甚至产生宿命感。须知，文学并不是村史、家史，也不完全是苦难回忆。对作家而言，如果一味地书写苦难，回忆苦难，则会陷入某种迷惘性的同情误区难以突破，难以超越乡土，与时俱进。文学的故乡，不是对原生态乡村文化的描摹和抄袭，而应该是文化后的乡村，是属于所有读者的乡村。文学源于生活，却不是生活的翻版，文学的任务是给人真善美，给人生活的力量和勇气。作家艺术家要在人民的历史创造中进行艺术的创造，在人民的进步中造就艺术的进步，给人民以信心和向上的力量。

文学创作，写什么并不十分重要，十分重要的是怎么写。记得歌德说过，一个艺术家的伟大不在于选择什么样的题材，而是要看他如何处理题材。譬如，有些作品把农民面朝黄土背朝天的耕作劳动写得非常艰苦，甚至很痛苦。著名作家王安忆对此有她的看法，她说，劳动本身是有快乐的，劳动怎么会没有快乐呢？当代文学的控诉性太强了，劳动其实被意识形态化了，她举例说，汪曾祺非常能写劳动里的乐趣……郭文斌把目光和笔触深入到民间，深入到社会底层，发现和创作出一系列很阳光很祥和很乐趣的作品。他的作品告诉我们，生活中有苦难，有艰辛，有痛苦，但更多的是坚

强，是奋斗，是乐趣，是美好。因而他的小说、散文，无论写苦难生活，还是写劳动场景，不是倾诉，而是平静地叙述，是生动美好地描写。如《腊月，怀念一种花》是一篇写过年的散文。在过去，贫困山区的农民过年是件挺发愁的事。临近年关了，一家人缺吃少穿，还有要账的上门逼债，真是年关年关，穷人的难关。郭文斌却选择窗花为题材，描写大年三十乡亲邻居争相向父亲"请"花样，求父亲剪窗花的动人情景，展现给我们的是一幅村民过大年喜庆美好的画卷。又如，小说《吉祥如意》，把劳动写的极富乐趣。端午节上山采艾，这本是一种受苦的活儿，我小时候也采过艾，早上起来，趴上山坡，露水打湿了腿脚，野刺划破了手臂，有时还会遭遇毒蛇，一不留神就掉进深坑悬崖……如果刻意写那些又苦又累又险的细节，会是一篇倾诉性很强的文章。《吉祥如意》却把五月六月采艾写得轻松愉快，优美隽永，字里行间充满劳动的乐趣。如是观之，有评论家称郭文斌是西部的汪曾祺有一定的道理。

二

有句名言：人品重于文品，立德先于立言。对于作家艺术家，这句话特别重要，应当成为做人做文的座右铭，自古以来，读经典学圣贤，是修身养性做文章的基本功课。对此，郭文斌有自觉的意识，并在努力践行。他喜欢读书，不仅读中外近现代名著，也读诸子百家，孔孟老庄，佛经道藏也涉猎，甚至读小儿科之类的杂文"闲"书，诸如《三字经》、《弟子规》、《了凡四训》，等等，并且不是走马观花蜻蜓点水式的"浅阅读",而是传统的青灯黄卷式的"深阅读",不是"过眼",而是"过心"。通过阅读经典,吸收继承优秀文化和道德传统,力求做一个真诚善良知恩图报之人,一个有道德修养之人。其长篇散文《孔子到底离我们有多远》,就是读《论语》的心德体会,将艰涩难懂的古典经论,诠释为通俗易懂的现代白话,并结合现实生活和自己的实际,深入浅出,娓娓道来,使人们进一步理解精典古籍的审美价值与为人做事的道德,刊出后引起读者强烈反响。

这篇读典笔记是写给读者的,也是为自己立德立言的存照。近年来,郭文斌著了不少文,获了不少奖,名声鹊起,遐迩闻名。但他却非常低调,以"不要人夸颜色好,只留清气满乾坤"的心态待人处事,没有沾沾自喜忘乎所以的神气,没有夸夸其谈卖弄风骚的张狂,而是一次又一次发自肺腑地感谢感恩。在银川市为其举行的获鲁迅文学奖庆功会上,他深情地感谢关心支持帮助过他的人,说到动情处,热泪盈眶,泣不成声;在《黄河文学》创刊100期庆典欢迎词中,他念念不忘地写道:"这是一个怀念的日子,也是一个感恩的日子,……感谢阳光和大地,感谢春天和园丁。"感恩是人类心灵的火花,是中华民族的传统美德,也是衡量一个人品行高下的标志之一。作家是人类的良知,首先要做个懂得感恩的人。这个看似简单容易,实行起来并不容易简单,需要有很高的道德境界。郭文斌追求的目标是"以写作感恩,以写作祝福",靠人品立身,靠作品说话。他把创作看得很严肃很神圣,抱着敬畏、虔诚、负责的态度舞文弄墨,始终不忘播撒祥和、善良,温暖。他认为:"文字是可以杀人的。当我们每天看着安详的文字,就心平,而只有心

平才能气和。而气，在中国就是原始生命力。恶劣的文字通过眼睛，种在心田，无异于毒药。现在我每写一篇东西都先让儿子看，如果不能首先拿给儿子看，我就宁可不发表。我给我的文字定的最低标准是在社会上流传不会污染人，带坏人。"可见，郭文斌创作高蹈的精神取向和崇高的价值追求。

主编《黄河文学》后，郭文斌提出"关注心灵的秘密，提升人的品格"的办刊理念、诚心办一份能够拿回家让自己小孩看的刊物，能够唤醒读者心中温暖、善良和崇高的刊物。时下，有的刊物见利忘"艺"，以"有什么样的读者就有什么样的刊物"的态度办刊，以格调低下，俗不可耐的图文迎合低级趣味的读者。《黄河文学》则相反，以"有什么样的刊物就会有什么样的读者"的理念办刊，注重思想内涵，提高文化品位，树立品牌意识。不低俗，不媚俗，不跟风，执著地追求高雅高尚，保持"干净"健康，弘扬主旋律，坚持发表体现时代精神风貌和三贴近作品，让人们在美的享受中受到鼓舞，在情感的共鸣中得到启迪，在心灵的震撼中获得教益，引领读者走向宁静、温馨、美好的精神高地。

三

写什么，怎么写，这是作家的自由选择和艺术追求。郭文斌的选择和追求已取得了可喜的成绩，并形成了自己的风格和特色，应当继续发扬光大。

现在，我有个更高的期待：今后，文斌创作以反映社会问题和人生命运为题材的作品，分量再多些，笔力再重些，尽力使自己的作品与时代步伐、现实生活和底层民众息息相关。一个有良知有责任感的作家，应当具备怀疑精神，独立人格，批判态度，开拓人性的疆域，从现实进入存在等基本品质。就中，批判态度尤为重要，作家要用审美的批判的眼光衡量事物，合为时而述，合为事而作。颂扬讴歌不可少，但更多的应当是批判，作家属于批判者，是人民群众的代言人，要敢为民众鼓与呼。这其实就是一个作家对国家对人民的爱，是大爱。

我们有理由相信，文斌的创作一定会走向开阔，走向深入，朝着铁肩担道义，仁爱著文章的目标大步迈进。

（2008年10月9日）

大 爱 之 言

——序《地方文化探微》

2月初，按乡俗，牛年春节还没过完，我的乡友张树彬就风尘仆仆赶到银川。一天早上，他从外面打来电话，第一句话是热情问候，给我拜晚年，第二句话说他要出书，请我给写个序。我说出书是好事喜事，值得祝贺。写序么……我没敢贸然答应。问是一本什么内容的书？他说叫《地方文化探微》。我想起来了，这几年张树彬在报刊上陆续发表了不少探究考证地方文化风俗、名人轶事、古迹文物之类的游记、随笔、散文、杂感，有些文章专业性颇强，有点像学术论文，但却写得摇曳生姿，有趣有味，很好读，也长知识。我向他推荐，说你应该请杨森翔、吴忠礼为这本书作序，他俩是文史方志专家学者。这方面我是业余爱好，序写不好会作践了你的劳动成果。树彬却不松口，恳切地说，你了解家乡故土，也了解我，你写最合适，我还指望你的序为这本书壮行色呢。不等我回话，他又说，我一会儿就到，见面细说。

放下电话，顿时我满脑子尽是张树彬的影像。20世纪70年代，我在盐池县大水坑镇（当时是人民公社）工作时，就跟树彬有了交往，一路走来四十多年，往来未断，关系越走越近，可谓无话不说的老朋友了，所以我对他是了然于心。因其小我几岁，故视为兄弟，向来以其名"树彬"相称。树彬和他哥张树林算得上两个人精呢，乡亲们说张家兄弟俩是"怪"人。怪是方言用词，褒义，指某人特别精明，智力超常，见啥会啥。树彬之"怪"不止是见啥会啥，而且是弄啥像啥，弄出了名堂。他兴趣爱好广泛，勤学苦钻，天长日久便修炼成了"杂"家。他是教师，课讲得有味，学生们喜欢听他的课，数学尤其出色，别人一时解不了的难题怪题，找到他常常迎刃而解。树彬酷爱文学，能作诗、会编戏、小说散文创作成绩斐然。1980年初，他写的小戏《两过秤》在宁夏第一次文艺评奖中获一等奖；他与张树林合著的长篇传记文学《马鸿逵传》，在读者中引起反响，一版再版；近年来接连发表了不少党史革命史方面的文章，参与编撰了七八部地方志和文史书籍。眼下又要出版个人专著。想想，如果才气不足，不下苦力，没有两把刷子的人能做到吗！

不到半小时，张树彬来了。我们寒暄几句就直奔主题——说出书作序的事。他边说边从包里掏出两本厚厚的书稿递给我。三说两说就把我说得顺理成"张"了，话说到这个份上，若再推辞就不够意思了。送走树彬，我急不可待地展卷阅览。看了标题就想读全文，如《古代朔方今何是》、《青铜冰鉴当另说》、《惊现千年"大射图"》，等等，这些题目既透露出内容，又兜藏着谜底，让你非看个究竟。

《地方文化探微》不同于一般的散文、游记、随笔、杂感，也迥异于报刊上的言论短评，其文学性强，有史料价值，有文化品位，因而我把它看作一部厚实的文化杂文集，一部通俗的文史读物。卒读掩卷，脑海里留下几点抹之不去

的印象——

文化视野宽广。《探微》收录了35篇文章，洋洋洒洒20余万言，题材涉及面广，内容丰赡翔实。有古迹考证、文物鉴辨，有古诗赏析、轶文释读，有人物新介、称谓校正，还有奇文怪事之破解，等等。自古以来，灵武、盐池、吴忠是宁夏历史文化的重地，地方文化、民族风情蕴藏丰厚。那里有得天独厚的地理优势，丰富的自然资源和悠久的人文景观，有中国西部博大神奇的文化遗存。如，距今亿万年的恐龙化石、旧石器时代的水洞沟遗址、驰名中外的万里长城、塞北江南、古朔方、城盐州、花马池、铁柱泉等古迹名胜，滩羊、砟子煤、甘草、长枣等地方特产，弥足珍贵的青铜冰鉴、大射图、金方明、胡旋舞等文物宝藏。它们无不进入树彬的视线，并作仔细观察与思考。一旦有质疑或发现"问题"，便将其放在中华文化源远流长的历史背景中作深入浅出的分析，去伪求真的探索，直至"水落石出"。体现了作者的大视野、大思考、大境界与人文关怀精神，也显示出驾驭地方文史题材的能力和勇气。当今，有多少人会去管这些闲事，去干这等出力不讨好的"蠢"事？

赤子情深意浓。艾青有两句感人肺腑的诗句："为什么我的眼里常含泪水？因为我对这土地爱的深沉……"毫无疑问，这正是树彬创作《探微》的根本原因和动力。长时间以来，他怀着赤子之心和桑梓之情，为故乡丰富深厚的文化感到自豪的同时，也感到了责任，对故乡的人物、景观、古迹、文物，甚至一草一木倍加赞赏、珍惜与呵护，他不让它们被人们误解误导，更不允许被歪曲损毁。于是，饱含深情地写下了一篇又一篇既有观赏又有抒怀，既有探索又有质疑，既有论述又有指证的篇章，从中可以智者读智，仁者观仁，信者品信，文者得文，获取益智明心和怡神悦情的艺术享受。《长城关》是一篇言论关国事，文笔见深情的佳作，倾注了作者爱祖国，爱长城，爱家乡的深情厚意。他盛赞昔日长城的不朽功绩，惋叹今日长城关被毁的残状；他献策建言，将全国唯一的长城关重新修复，雄风再现，让天南地北的人到此观赏；他诚望此举能够弘扬中华传统文化，促进地方经济发展，为花马古城添色增彩。读之，令人动容，体味到其中流淌的不是虚言而是实意，不是俗套而是真情。足见，树彬是个有故土情和良知、责任心与使命感的知识分子，是个大爱故土与地方文化的忠实守护者。

勇于直言真伪。写作《探微》有一定难度，对树彬而言不啻是一次挑战性的创作。他面对的不止是地方文化的丰厚庞杂和传统认知，还有宁夏乃至全国的权威专家的看法，以及古籍志书的定论。对此敢于质疑，指出谬误，并说三道四，这是需要勇气和真才实学的，一般人断不敢轻举妄为。时下无论文艺批评还是学术批评，都有一个通病，唱赞歌者多，指错误者少，既使批评也多不到位，要么蜻蜓点水，要么隔靴搔痒，甚至无的放矢含糊其辞，说些云山雾罩，能见度很低的话。树彬则是直面现实，言之有物，还"敢问大家"，质疑指谬，很投入很较真，对处就说对，错处就说错，毫不隐瞒自己的情感和观点。2001年2月1日，他看到《新消息报》刊登新疆有公牛产蛋的奇文，当即写了《公牛下蛋不稀奇》一文作解释。不料，此事被媒体越炒越热，有学者专家也参与调查研究论证，中央电视台《走进科学》栏目还制作了专题电视片连播揭谜，越宣越玄，谜团更迷。树

彬实在看不下去了，再发一文《奶牛下蛋，见怪不怪》揭谜，说牛下蛋不是稀奇珍宝，是牛羊吃了毛物难以消化而结成的团块，在胃里蠕动磨成球状，反刍时从口中吐出的"草屎蛋子"。最后，一针见血地指出："欲知山中事，去问砍柴翁。"连农夫牧童都知道的常识庸事，一些学者专家、新闻媒体居然小题大作，兴师动众，不惜劳民伤财，炒得热火朝天，令人可悲，让人深思。现如今有多少作家、艺术家、学者专家深入底层向种田的放牧的请教学习呢？又有多少批评家如此较真、勇于直言真伪呢？

任何作品集都难免有遗憾。我读《探微》的遗憾是觉得引证旁摘稍多，历史背景交代过细，因而有些篇幅显得冗长，这在一定程度上削弱了阅读《探微》的轻松与兴味。

探索地方文化，是沉重的长途远旅，交通工具再发达，也得自己步行。途中必然有崎岖坎坷，时不时还会遇上"拦路虎"。但我相信树彬会一路走下去，克服重重困难，走向地方文化的高地。因为树彬有才智与真情，有勇气与执著。

（2009年2月15日）

春色满园花枝俏

——在《朔方》"宁夏青年作家专号"座谈会上的发言

在庆祝新中国诞辰 60 周年之际，《朔方》（2009 年第 4 期）隆重推出"宁夏青年作家专号"（以下简称"专号"），具有特别而重要的意义。这是深入学习科学发展观，践行"三贴近"创作原则的积极行动，是重视作家队伍建设，培养和扶持文学新人，让青年作家担当起文学生力军作用的实战演练。在宁夏文学史上，堪称前所未有开创性的举措。

"专号"所收青年作家，队伍阵容可观，作品门类齐全。有小说作家16人16篇，散文随笔作家17人31篇，诗歌作家40人68首，评论作家3人4篇，共计76人109篇（首）。打开"专号"，仿佛进入春色扑面的园圃，满目蓬勃鲜活，一片摇曳多姿。真是美不胜收，目难暇接。观览散文，一道纷然的风景映入眼帘，"亮点"多多，各领风骚。

爱祖国爱故土爱亲人

祖国、故土、亲人，有写不完的文章，吐不尽的情感，作家可以毕其一生。2008年是非凡的一年，这一年中国发生

了许多大事，最大的两件事是四川汶川大地震和北京奥运会。许多作家拿起笔，声援抗震救灾的战场，张扬鸟巢带给世界的欢歌。《奥运随想》就是郭文斌担当奥运火炬手，参加残奥会闭幕式后的激情之作，大爱之作。通篇是从作者心灵里流淌出来的文字，是灵魂和血脉的对话。想象力是作家最基本的生产力，面对奥运火炬传递宏大庄严、流动极快的场景，如果没有丰富的想象力，便写不出如此激动人心的文字："当火炬点燃时，觉得自己也被点燃了，当那一束藏在祥云内的火焰腾空而起时，我看到了火炬的心跳，看到了飞天，看到了众神翔集，百鸟朝凤……"作者的想象力乘着火炬飞翔，又想到了奥运精神，是一种和平的精神，公平的精神，光明的精神；想到了人类最喜欢的体育明星是老子，最喜欢的火炬手是孔子，最喜欢的长跑运动员是夸父，最喜欢的射箭运动员是后羿……他还想到了自己是一位作家，肩负着神圣的使命，奥运火炬需要作家用笔去点燃，去传播。作者更有一颗爱祖国爱故土的赤子之心，当他接过火炬时，"突然发现我生活的银川竟是如此的美丽"。当"置身鸟巢……特别是当国歌响起的时候，我的泪水不由得落了下来……"读之令人动容。如此真情实感的语言，爱国爱家的情怀，以及丰富美妙的想象，铸就了这篇散文的厚实品质。

　　刘汉斌的《种生》，不是单纯意义上依恋故土和植物的散文，很大程度充满对生态道德的呼唤，对生命的礼赞，对人与自然和谐相处的渴望。在人类过度开发大自然、无止境地向大自然索取财富并已经受到大自然惩罚的今天，坚持用文学的方式唤起人们的环保意识，号召人们呵护绿色生命，实现人真正与自然和谐相处，这需要作家有强烈的责任感和使命感。刘汉斌就是这样一位青年作家。我知道他是一位打工者，从事种子培育业务，却酷爱文学，而且是一门心思地写植物土地之类的散文，已经发表了许多。他的散文不急不躁，不跟风，不标榜，优雅而宁静，寂寞而从容，有着热恋大地，珍惜生命，展示灵魂的清澈亮光。《种生》有这样生动的语言和情节："种子真正的生活属于土壤。""哥哥叫根，弟弟叫芽……向下延伸，根就在土壤里踏实了……向上生长，成为大地上一株充满希望的苗子。"当油葵种子在霜白的盐碱地上破土出苗，"就像是被盖上了一层淡绿色的薄纱"时，我高兴得"抱起两岁的女儿，举过头顶，高声欢呼"。当盐碱地荒芜了的时候，"妻子抱起女儿，搂进怀里……眼睛里噙着泪水"。如果没有一颗呵护绿色生命，拥抱大自然，执著守望脚下这片热土的赤诚之心，就写不出这样深情的文字。这种没有功利的文学才是真正的文学，才是有生命力的文学。

依恋故土的散文，还有李敏的《故乡有个石窑湾》、李振娟的《生命的返乡》。前者是对故乡的敬仰，对岁月的感叹，回忆石窑湾的苦难沧桑，乡人的悲欢荣辱、生存抗争，以及窑洞的神秘莫测……这一切，都默默藏在作者心中。后者是怀念故乡的安宁美好，儿时经历过的趣闻乐事，于今，却淡远了，消失了。作者面对一幢幢崭新的屋舍，感到陌生、茫然，不知所终。读来有种淡淡的忧伤与揪心的沉重。怀念故乡的散文随笔可以车载斗量，但达到这种阅读效果的并不是很多。

父母之爱，父母之恩，如山高水远，地久天长。为伟大而平凡的父母树碑诵德，表达儿女的感恩与孝思，是弘扬中

华传统美德的至善大爱之举。林一木的《母亲的书香》就是
一篇敬爱母亲的散文。记述只念过小学三年级的母亲，一直
为自己没能读更多的书而耿耿于怀，因而苦死累活、节衣缩
食把6个孩子拉扯大，并供他们读书个个成才。在供养子女
们读书的同时，她自己也是嗜书如命。那些经年布满灰尘的
几箱子旧书，父亲要当废纸卖掉，母亲坚决不允。她经常是
一手干活，一手捧读，直到60岁老眼昏花，还叮咛女儿再回
来时带本《读者》或《青年文摘》。她自嘲地说，早死早脱
生，死了变个小学生——抓神取貌，如闻其声，如见其人。
读者在一种喜剧似的气氛中，感受到母亲渗入骨子里的读书
情结，以及那个时代的悲哀。读了这些文字，心为之颤栗，
久久难忘。

读名著听名曲敬名人

专号所收散文内容涉及名著名曲名人者达12篇，这是
好现象。说明我们的青年作家文化品位文化修养正在走向高
雅。古人云："空山无人，水流花开。"这是对空谷幽兰高
洁的花品的赞誉。文如其人，怀幽兰之操者，其诗文亦必高
雅芬芳。老作家柯岩说过，读名著"可以培养青年的心志，
陶冶他们的情操，开拓他们的视野，锤炼他们的意志，净化
他们的血液，铸造他们的灵魂……"听名曲敬名人亦有同样
效果。欣喜这种优良传统被我们的许多青年作家继承下来，
并成为他们立德立言的追求，成为他们散文的风格和品质。

张静毅的《曲有误，周郎顾》就是一篇听名曲敬名人
的美文。作品引历史典故，借名曲名人，阐释琴曲之高雅美

妙，爱情之纯洁高尚。文笔优美，灵秀隽永，体现了作者厚实的文化功底和追求高尚的精神品质。卒读，"如饮醇醪，不觉自醉"。方圆的《梨花海棠》，记述了购书藏书读书的快乐。看似一篇随意的文字，却淡而有味，耐人品尝："书是要被更多的人阅读才更有价值，束之高阁以供瞻仰的私人藏书满足的不过是个人些微的虚荣和不值一提的占有欲。"显示出作者独特的思考，也是对"束之高阁"读书人的温馨提示。王正儒的《阅读尼采》，把读者带进了尼采的精神世界。这位德国著名哲学家、诗人和散文家，"他在美中度过了一生，一切欢乐都在美中得到了谢恩，一切痛苦都在美中得到了抚慰"。然而，孤独却"深深地影响了尼采的精神与生活，不断地爆发着精神危机，又不断寻求着自己的精神高地"。最终，"1889年1月，尼采走到街上，看见一个马夫在残暴地鞭打牲口，这个精神脆弱的哲学家又哭又喊，扑上前去抱住马脖子，疯了"。作者这样来写，可谓抓住了要害，是高屋建瓴，是四两拨千斤。所以作品就有了一种深度，作者也站到了一个新的高度。非学者型的作者，一般是不会轻易地去碰尼采这位有争议的大家的，正儒却写出了一篇好读的尼采。

还有张彬的《读乐笔记》、陈莉莉的《音乐题记》，有异曲同工之妙，都是抒怀音乐的神奇与魅力。经典音乐可以使人激情澎湃，可以洗涤心头忧怨，可以升华思想境界，可以提高生命质量。一言以蔽之，听名曲不止是一种享受，更是对心灵的陶冶和精神的塑造。作者把自己的亲身体验，打造成出神入化的文字，给读者心生期待的魅力。

哑弦的《花之呓语》，围绕《诗经》、百合，编织了三

则动人凄美的爱情故事：一则说，一位少妇读着《诗经》，苦苦等待御敌征战沙场夫君的归来，"三年过去了，没有他的消息，五年过去了，还是没有他的消息"。她还在等，她能等到他归来吗？另一则说，一位穿黑色长裙的女人每周都去一家花店为病亡的丈夫买一束白色百合，这是"她三年绝望生活中唯一的希望和亮色"。花店女主人遵照殁去哥哥的叮嘱，"不管怎样，要把花店开下去，每周准备一束最新鲜的白色百合"。两位女人终于相识相知，泪如雨下……最后一则说，一对只有生活没有爱情的夫妻，却在举案齐眉的客气中过了一辈子，"把一盆盆兰花养到极致"。"把公婆当自己亲生父母一样体贴入微地侍奉照料"。秋霜染鬓了，丈夫才对妻子说："如果有来生，让我继续做你的丈夫，让我像疼惜一株兰花一样疼惜你，行不行？"构思巧妙，语言优美，寓意含蓄而有悬念，读罢回味无穷。英国著名作家王尔德说过："作品的一半是作者写的，一半是读者写的。"哑弦真的是把一半留给了读者。我认真咀嚼，品出一点精致小小说的味道。我顺便提请散文作家别忘记，散文的底线是不能挣脱真人真事的束缚。一旦挣脱，散文就失去贞操了。

火会亮的《下四川》是一篇匠心独具的游记。游天府之国，有走不遍的秀山丽水，看不尽的名胜古迹，尝不完的风味小吃。这些，作者只作轻描淡写，摈弃"借景抒情"、"托物言志"的传统手法，而把注意力集中到都江堰、杜甫草堂、武候祠几处有关李冰、杜甫、诸葛亮等历史著名人物的身上，浓墨重彩，大书特写。对每个人物的经历、事迹、功德等作了详尽描述，并发自内心的为他们歌功颂德，大加赞叹，体现了作者高蹈先贤的情怀，敬慕名人，追求崇高的精神境界。也使我们在轻松的氛围中，走进历史，拜访了心仪已久的古代名人。

品事物品生活品人生

日月有春夏秋冬，生活有酸甜苦辣，人人都要经历，没有哪个人可以超然于外。但人们一般都是熟视无睹，多不在意。作家则比较敏感，善于在他人漫不经意的事物中，在众人习以为常的时空里，发现"光点"，找准角度，摄取景物，经过巧妙架构，用五彩的文笔描绘出来呈献给读者。这缘于作家具有艺术感觉力。艺术感觉力是作家必备的诸多才能中最主要的才能，也是作家与他人不同的主要标志。专号中的青年作家就具备这种才能。

房妮的《都市的菊与刀》，记述居住都市6年，红尘滚滚，忙忙碌碌。凡人无小事，"我的思维和神经都像上紧发条的闹钟，每天都在紧张与焦虑中度过"。家中遭遇盗窃后，一家人更小心更封闭，"不和陌生人说话成了我们生活的常态"，"我的世界因此被挤在狭小的出租屋里，一天比一天规则，一天比一天荒芜"，于是万般地怀念故乡的安逸。然而故乡毕竟很苦焦，过惯了都市生活的城里人，谁愿意回到原来生活的地方。反映的不止是作者的烦恼与无奈，也是许多人的心态：外面的人想进来，进来的人又想出去。有兴趣者不妨一读，肯定会产生共鸣。

马静的《生活中的必然与偶然》，可以当哲学来读。必然性与偶然性是唯物辩证法五对基本范畴之一，其辩证关系是必然性存在于偶然性之中，偶然性是必然性的表现和补

充，二者互不脱离，但在一定条件下可以相互转化。文学的思想当然不同于哲学，但哲学对文学思想的产生与影响却是极其重要的。作者深谙此理，因而对生活中遇到的完美与缺憾，幸福与痛苦，挫折与顺利，繁杂与简单等问题和琐事，能够作哲理辩证的思考与解读，并用生动的文学语言表达出来，便有了味道，有了新意，有了深刻。

还有程耀东的《有关工厂的语言》、王晓静的《一只掠过窗棂的鸟》、查文瑾的《生活的滋味》，都是从现实生活中摄取的一人一事一物，放进作者思想的和艺术的熔炉里冶炼，或记叙，或抒怀，或剖析，或慨叹，反映出作者独到的见解，给读者带来一点感悟，一点启迪，一点思索……都值得一读。

毋庸讳言，综览专号散文创作，喜中尚有不足和缺憾：题材和内容有些偏重于都市生活，书本生活，时尚生活，反映农村、工厂、企业、部队等基层生活的很少，有，也是儿时零星的记忆碎片。从质量上看，缺乏对底层社会和个体生命的深切关注与温情凝视。

当然，处处有生活，写什么样的生活都无可厚非，都可以出力作佳作。但生活毕竟有波澜壮阔热浪扑面与庸常琐细寡淡无味之别，一个作家如果只热衷于写身边的琐事俗事，沉湎于抒发小情调小感觉，慢慢地就与跳动着时代脉搏，牵动着人民命运的大生活远离了。自古以来，"文章合为时而著"。文学的主要任务是关注现实，表现时代。作家要有责任感和担当意识，自觉地遵循并践行"三贴进"创作原则，积极投身改革开放和社会主义现代化建设的伟大实践，在文学创作中反映人民主体地位和主流生活，关心群众疾苦，体察人民愿望，把握群众需求，为人民抒情，为时代放歌。

最后，诚望宁夏青年作家以此专号为新的起点，阔步前行，再上台阶，创作出更多精致精美之作，为我们的文学百花园增色添彩。

（2009年4月5日）

葫芦河畔好风光

葫芦河源远流长，滋润着西吉大地，也孕育了西吉的文学。新中国成立以来，葫芦河两岸成长起一茬又一茬作家，创作出连篇累牍的力作佳作，迄今已形成宁夏乃至西北一道靓丽的风景。《葫芦河》的创刊，更为这道风景锦上添花，培养和推出了一大批作家和作品，给宁夏文学增加了一个亮点。现在，《葫芦河》特为青年作家开辟"西吉文学新锐"专栏，首推马金莲、刘汉斌、刘岳三位"80后"的新作，堪称伯乐慧眼。

三位作家及其新作的共同优势是，生活积累丰厚，作品有精神内质。他们都是土生土长的西吉青年，有真挚的乡土情怀，旺盛的生命活力。一个作家不丢弃"本土"，就有了根基，有了营养，有了取之不尽用之不竭的创作源泉，所以他们的作品有精神内质。什么是精神内质？一是有思想含量。思想性，从来就是文学生命的灵魂。三人的作品不缺钙质，因而不灰暗不苍白不肤浅，耐读耐品。二是有审美理想。他们的作品引人求真，向善，爱美，努力将读者的精神世界丰富提升到新的境界。三是有责任心，使命感。他们"位卑未敢忘忧国"，特别关注现实，关心底层，具有忧患意识和批判精神。

马金莲的小说特点一是取材构架"小"，一是叙述语言"活"。有能耐的小说家，总是从小处着眼，从小事说起，在别人漫不经意，习以为常的凡人琐事中发现光点，找到话题，从容道来。《马五生活里的事》取材于农村现实生活，人物故事普通得不能再普通，没有离奇超现实的情节，没有怪异的虚构手段，说土庄穷得叮当响的榆木疙瘩农民马五，渴望改变命运，冲破重重阻力，在三亩水地上搭塑料棚、种蔬菜，在十几亩旱地上种苜蓿、养牛。三年下来，脱贫致富，盖了新房，有了存款，装了电话。马五三天两头在自家屋里澡堂洗热水澡，出门骑着摩托，还到县上领奖作报告。通篇是日常化的生活细节，是家长里短，鸡毛蒜皮。但却让你读得津津有味不肯释手。因为它有热浪扑面的生活气息，有令人深思的情节，有庸常琐事闪现的光彩。如前几年马五人穷志短，在外人面前抬不起头，即使在女人（妻子）面前也矮三分，常挨女人的骂。现在富了，财大气粗，说一不二。一次，马五跟人商量事，女人说了句"谁愿意把土地包给咱"，马五就呛女人："男人有男人的想法，你一个女人家少掺和。"女人头一遭没有冲着马五撒泼，反倒嗨嗨地笑了，说马五"你成了男人了，像个真正的男人了"。这个情节看似波平浪静，实则潜流翻涌，在淡淡的生活层面上感受出一种深藏的东西。

小说创作，怎么说比说什么更重要！用鲜活的、畅通的大白话说出文学性，那是高水平。马金莲的叙述语言是民间的、大众的、带有天然的口语性，有明显关陇方言的味道，散发出泥土的清香。如马五为多领些搭棚材料，多报了

二亩水地，回到家女人迎头就骂："把你个吃屎摸不到地方的货色，人家都设法少报土地，偏偏你多报，脑子进水了咋的？"一个农村歪婆娘的形象活脱脱展现在读者面前。又如，马五接受记者采访的描写："一个头发黄黄的洋女子过来问马五，作为一个杰出的农民企业家，你能说说此时此刻心里的真实想法吗？问完将一个黑黑的东西伸过来，对着马五的嘴巴。马五不会说话，腿子就抖。"一个采访场面，一个年轻女记者，一个没见过世面的农民，跃然纸上。这种叙述语言，有一种天然的艺术魅力。

希望马金莲在保持自己语言风格的同时，注意语言的提纯，去粗取精，还要有节制，恰到好处，口头方言用过了头就适得其反，就像一盘炒菜，调料放多了，就失去了鲜味。

神奇的种子和植物，给了刘汉斌新鲜独特的创作灵感和取之不尽的创作素材，迄今已创作了140多篇散文。他的散文散发着爱种子爱植物爱土地的深情，流淌着人与自然和谐相处的旋律，充满趣味性和知识性，读之，会更加热爱大自然，进而升华为对生活，对故土，对亲人的热爱。《大地上的胡麻》，开明宗义写道："在土壤里生根发芽，在土地上开花结果，然后将新生的种子留在大地上，自己却重归大地变成土壤，这就是胡麻的一生。""人和一切植物的种子一样，对大地，都有着一种本能的亲近感"，作者把自己视为一粒种子，把大地当作养育自己的母亲，万般热爱依恋。

读刘汉斌的散文还让人产生回归自然，回归童年，回归生命的快乐。读《杏树》，我仿佛回到儿时在院门口杏树下雪地里扣麻雀的乐趣；读《黄芪》仿佛看到乐善好施的爷爷向我缓缓走来；读《鸡冠草》依稀看到一位医生治病救人的身影。他的散文，有很强的召唤力：召唤自然之美，情感之真，生命之善。他散文中的一粒一种，一草一木，都是有生命的，有感情的，还灌输了一种道德力量和责任精神。如《地软》，一生别无他求，"只需要让躯体始终与大地紧紧地贴在一起就足够了"。《甘草》，"把根系扎到土壤深处，将土壤给予根系的温暖传递给他的茎叶，花以及果实……绝不会放弃与万物和谐共处的机会"。

刘汉斌的散文，不是单纯意义上的依恋故土热爱种子和植物，很大程度充满对生态道德的呼唤，对绿色生命的礼赞，对人与自然和谐相处的渴望。在我们失去对自然理解力、审美力的今天，在人类过度开发大自然，无止境地向大自然索取并且已经受到大自然惩罚的当下，坚持用文学的方式唤起人们的环保意识，号召人们呵护生命，实现人与自然和谐相处，这体现了作家强烈的使命感与责任感。刘汉斌多年悉心写作此类散文，而且"打算就这样劳作着，写作着，然后在这片土地上慢慢老去"。瞧，多么投入。

种子、植物世界，是一个神圣的世界，广阔的世界，要走进这世界，很好地描写这个世界，其难度不言而喻。但我相信刘汉斌会走进这块文学圣地，因为他有青春，有灵气，还有勤奋与执著。

诗，首先要让人读得懂，读后还有一种感觉。刘岳的诗我读懂了，并有一种沉甸甸的感觉：沉重，忧伤，寂寞，孤独，诗人的情绪全渗透在他的诗句里："我沉重的心脏炭块一样冰冷／我的孤独依旧／我的忧郁使破败的酒馆门户紧闭，

我的衰老使他的主人美丽"(《睡眠》)。"在我寂静的身体里／生长着忧伤，孤独，绝望，繁荣中的荒芜"(《来不及让头发白起来》)。

这是消极悲观吗？不是。是牢骚发泄吗？不是。这是一位有使命感的诗人的情怀，是忧患意识，是责任心与担当。他在诗集《世上》后集中说："活着就要有责任，就要对自己对别人负责。"他曾遇到一对抱着婴儿乞讨的夫妇，便写了一首《给予》的诗："……原谅我，我不是菩萨，我不是济公／若能，我真的想把中国农业银行都给你们。"可见刘岳是一位责任和历史使命鼓涨了血管的诗人。一般人在年轻时往往春风得意，特别是红运当头时，更是得意洋洋，哪有什么忧患意识和责任感。刘岳这么年轻，就这般成熟，有担当，难能可贵。

刘岳的寂寞与孤独，那可不是一般人随便就有的，那是有思想的诗人的寂寞与孤独，是"高处不胜寒"，是一种深刻。在红尘滚滚的城市里，在熙熙攘攘的人群中，感觉寂寞与孤独的诗人绝不是平庸的诗人，我们切不可小觑他和他的诗。

相信刘岳一定懂得：诗是世界上另一颗太阳，应当引导人们去征服生活中的黑暗。所以忧伤痛苦入诗而不沮丧；寂寞孤独入诗而不惆怅；欢乐幸福入诗而不忘乎所以。愿刘岳在人生的旅途上，在诗的旅途上，无论失意和得意，寂寞和热闹，痛苦和欢乐，心里都充满阳光。

（2009年6月1日）

与小说有关的乱谈

——在庆阳市文学讲座上的发言

各位乡亲、各位文友：

早上好！

首先感谢庆阳市文联秦主席、市作协陈主席的盛情邀请，感谢乡亲和文友对我和郭文斌主席的抬举，使我俩有幸参加这样隆重的名家讲座，并作专题发言。

大家知道，我是庆阳市环县人，这次来庆阳是真正回到了家。山亲水亲人更亲，培感自豪和温暖。庆阳是个人杰地灵的好地方，历史悠久，文化底蕴深厚。民间传说，庆阳是坐过皇帝的地方，有"周赧王坐庆阳龙脉斩断"之说。实践证明，龙脉似乎斩断了，自东周（公元前314年～前256年）周赧王以来几千年，庆阳没出过皇帝，但文脉却很旺盛。从古至今，庆阳文人墨彦辈出，并产生过大儒。如明朝有个大文学家、诗人李梦阳，就是庆阳人。他是明代前七子的核心人物，提倡"文必秦汉，诗必盛唐"。创作了不少诗文，有著作传世。他的反映国事和民生疾苦的作品，颇见真情，雄健浑厚。

今天，有这么多作家和文学爱好者济济一堂，可见庆阳

文脉之兴旺。我感到由衷的高兴。能和大家一起讨论文学，是一件非常快乐的事。因而我愿意和乡友文友畅所欲言，倾心交流切磋。首先申明，我不是作报告，也不是讲课，是向大家汇报创作体会。所谈内容没有多少鲜货，多是旧话重提，老生常谈。大家听了可能会失望，我只能表示歉意。好在文斌为我垫后，他会讲出新鲜而精彩的东西，可以代我给大家做些补偿。

陈默主席要我谈谈小说（主要是长篇小说）创作问题。这个题目很好，也很大，要我来谈，有点力不从心，因而我琢磨了个避重就轻的题目——《与小说有关的乱谈》。是乱谈，自然就不要求严格的章法，也不讲究系统性，可以想哪说哪，也可以蜻蜓点水，甚至可以隔靴搔痒。为了不跑题，不拖延时间，草拟了一份提纲式发言稿，我就边念边说。

一

鲁迅先生说，"文艺是国民精神发出的火光，同时也是照亮国民精神前途的灯火"，"是现代社会的灵魂"。一个时代，一个国家，一个民族，一个地区，往往借助于一部名著，一首好歌，一出好戏，一幅好画，一部好电影而形象凸显，精神振奋，名声大噪。17世纪欧洲文艺复兴时期，油画美化了意大利的形象；抗日战争时期，歌曲《黄河大合唱》激发了中国人民抗日救亡的斗志；电影《刘三姐》提高了广西的知名度；《五朵金花》使人们更加向往云南；歌舞剧《丝路花雨》曾让甘肃遐迩闻名，等等。

文学是一切文艺之母，文学不发达，其他艺术就难以发展繁荣。一个国家，一个民族要想立于世界民族之林，没有强大的文学支撑是立不起来的。汉赋唐诗宋词元曲，美化高大了汉唐宋元。而小说，特别是长篇小说，是衡量一个民族，一个国家文化厚重，文学成就和水准的重要标志之一。所以，毛泽东曾说过，没有《红楼梦》，中国人就骄傲不起来。许多国家都重视长篇小说，诺贝尔文学奖就以奖励长篇小说为主。

中国的长篇小说源远流长，明清时代发展到一个高峰，故有汉赋唐诗宋词元曲明清小说之说。新中国成立后17年，长篇小说健康发展，数量虽少，质量却高。"文革"10年，长篇小说仅有几部，冷寂萧条。粉碎"四人帮"，文艺迎来第二个春天，百花齐放，万紫千红。特别新时期以来，长篇小说是蒸蒸日上，一派繁荣。20世纪80年代每年出版长篇小说500部左右，90年代达到700部左右。进入新世纪，迅猛发展，增加到1000多部。1981年国家设长篇小说茅盾文学奖，4年评一次。1982年第一届，获奖的6部；1985年第二届，获奖的3部；1988年第三届，获奖的5部；1998年第四届，获奖的4部；2002年第五届，获奖的4部；2005年第六届，获奖的5部；2008年第七届，获奖的4部。7次共计31部。其中获两次奖的1人，张洁（第二届《沉重的翅膀》，第六届《无字》）。这些获奖长篇，虽然社会反映不一，但毕竟是"众里寻他千百度"，是专家内行从众多作品中评选出来的精品佳作，它们必将在中国当代文学史上占据一定位置。应当阅读，值得阅读。

二

什么是小说？确切地说，什么是长篇小说？巴尔扎克说，长篇小说是一个民族的秘史。茅盾说，要认识一个民族，最好读这个民族的小说。这主要是指长篇小说的意义和价值。《百年孤独》的作者马尔克斯说，小说是哥伦比亚用密码写成的现实。西班牙小说家，2010年诺贝尔奖获得者马里奥·巴尔加斯·略萨认为，小说是谎言中的真实，是真实中的谎言。这主要指小说写作的艺术构思与技巧。看来，要给小说下个定义是比较困难的，或许只能使用比喻，虽然也不那么恰当。比如说，小说是想象的艺术，是天才的虚构，是美丽的谎言，等等。不用那些浪漫的词语，一般而言，长篇小说是生活和时代的艺术记录，本质是一种追忆。逝去的，在追忆中得以复活，把历史与未来，现实与理想，此岸与彼岸连接起来。说了许多，还是没说清什么是小说。那么就用一句说了等于没说的话吧，小说就是小说。

三

小说与故事有何区别？二者是什么关系？小说少不了故事，汉语中"故事"这个词就是"过去的事"，英语中"故事"（story）一词的古义是"历史"，"史话"，也是"过去的事"。小说与故事的区别比较黏糊，三言两句说不清，还是打比喻吧。比如说，故事就像一座庙，小说则是庙里的神；故事是公众吃的大锅饭，小说则是小灶；故事是果树，小说则是树上的果子，等等。

　　小说与故事的关系，是鱼和水密不可分的关系，小说离不开故事，故事却不等于小说。故事孕育了小说，小说升华了故事。小说重细节，故事讲情节。小说的信息量大，寓意深刻，既让你思而得之，又让你思而难得，注重于"思"；故事是说事情，说人与事的关系，偏重于"说"。昆德拉把小说划分为三个层次：讲述一个故事，叙述一个故事，思考一个故事。这是摆在每个小说创作者面前的严峻课题，小说高手创作追求的是叙述故事，思考故事，非常生活化的小说，那是创作难度最大的小说。贾平凹的《高老庄》、《秦腔》、《古炉》就是这类很少讲述故事，用绵密的细节连串起来的本真生活状态的小说。企图把小说的虚构成分降到最低，达到与读者直接的对话与交流，求得小说的真诚。

　　现在小说面临的最大问题，不是缺少故事，而是太把故事当回事儿，太在故事上用气力，结果让故事的"怪""俗"，淹没了小说里"人"的形象，淹没了"人"的想法。写小说总是要落实到几个人身上，再大的场面，再曲折离奇的故事，最终还是要由人物撑起来。文学是人学嘛。当然，小说是不能没有故事的，但尽可能把故事弱化了，把讲故事的节奏慢下来，在没有故事的地方写出小说，在故事的尽头开始小说，让"生活状态"、"生活意味"进到小说里去，从日常生活中写出不平常的东西。

四

　　叔本华没有写过小说，但他说了一句关于小说的名言："小说就是让小小的事情变得兴味盎然。"

小说，顾名思义就是从小处说起。小是细小琐碎，就是细节；说就是语言叙述。这两条做好了，小说就写成功了。情节是流动的玄妙的，是玩具；细节是缓慢的逼真的，是财宝。情节易得，细节难求；情节可以虚构，细节只能从生活中打捞。这是考验一个作家真功夫的硬指标，掺不上假。

不光是小说要有细节，散文、报告文学、传记文学，甚至诗也离不开细节。在文学作品中，细节堪称是精灵，是展开情节，刻画人物，渲染环境氛围的最基本的组织单位。生动的细节，在情节，如历其事；在人物，如见其人；在环境，如临其境。如果没有细节，就没有情节的生动性，形象的鲜明性，环境的典型性。

细节在作品中的重要性，除了上述几点，还有两点至关重要：一是细节使作品真实，一是细节使作品深刻。文学作品应当给读者以真情实感，深邃隽永，而这些不是靠作者喊出来，不是靠语言说出来，而是依赖真实生动的细节表现出来。如契诃夫的《一个官员的死》，写一个小官吏看歌剧时无意间打了个喷嚏，却发现前排坐着"在交通部任职的一位文职的将军"。小官吏害怕了，当场一再道歉，事后又上将军家道歉，被将军愤怒训斥，最终小官吏在自卑恐惧中死去。作家未做任何说明评议，只通过逼真的细节，将等级森严的资本主义社会官场的严酷，以及一个小官吏的奴性卑微刻画得惟妙惟肖，揭露得入木三分。再如鲁迅笔下的阿Q临杀头时画押的情景：他"那手捏着笔却只是抖"，仍"使尽了平生的力画圈。他生怕被人笑话，立志要画得圆，但这可恶的笔不但很沉重，并且不听话，刚刚一抖一抖的几乎要合缝，却又向外一耸，画成瓜子模样了，这使阿Q心里很不安，觉得是他'行状'上的一个污点"。这个独特精彩的细节，让读者哭笑不得，就要砍头了，还为圈没画圆而懊悔，麻木到何等地步。这就是阿Q精神，这就是细节的力量。所以，作家必需有两个仓库：一个贮藏细节，一个贮藏语言。有了这两笔宝贵财富，就为小说创作奠定了基础。

五

高尔基说："文学是语言的艺术。"汪曾祺说过，写小说就是写语言。小说创作，怎么说比说什么更重要。我很赞同范小青的看法，她说，我觉得用大白话说出的文学性，那是更高的境界。判断小说得失优劣，尽管有这样那样的尺度，但有两点无法绕开：一是人物，一是语言。其实任何体裁任何形式的文学作品都是语言的艺术，小说尤其讲究语言功夫。

首先，语言一定要通俗明白。艰涩的语言，读者看不懂；华丽过分的语言，是卖弄文骚，故弄玄虚，读者不愿意看；不着边际，蒙太奇式的语言，给人云山雾罩，能见度太低的感觉。最好的语言是通俗质朴，明白如话。《三言二拍》的作者冯梦龙有两句话，可以做文学创作者的座右铭，他说："话很通俗方传远，语必关风始动人。"前一句好懂，即话通俗了，就能流传很远，如果咬文嚼字，故作高深，人们就会皱眉头，感到索然无味，不会卒读你的作品。第二句话的"语"，我理解是叙述，表达方式，"风"就是世道人心，是地域风情。"作诗无古今，唯造平淡难"，朴素是很难掌握的一种风格，也是不容易达到的一种境界。

其次，要形成自己的语言风格。很难想象，一个没有自己语言风格的作家，能写出好的小说来。通常说一个作家的风格，主要指他（她）的语言风格，就是作家个性化的语言。比如把鲁迅和老舍的文章取掉署名，放在一起阅读，也会读出哪是鲁迅的，哪里老舍的。当代作家中，贾平凹的作品，风格就比较明显，因为他的语言个性比较独特。

语言问题，也是地域问题。一个优秀作家，其作品总会体现地域文化特色，其中语言是诸多要素（民俗、地理、历史）中最耀眼的元素。他总是把自己的眼光和笔触真正深入到民间，深入到社会底层，使自己的作品叙述老百姓的故事，说老百姓的话，与广大群众的生存和生命息息相关，这样的作品群众才会买账。

不规范的口头语言，太规范的书面语言，都不是小说最好的叙述语言。有的作家，语言一味平实，显得呆板，没灵气，少色彩，在无度的明白流畅中丧失了语言魅力，味如白水。余秋雨在创作中，一再地打破他的思维和写作惯性，作为他语言保鲜的方法，他最怕走进固定的模式而呈现无为之文。

小说最好的叙述语言，应该是口语化的，朴素而鲜活的语言。适当插入方言、俗语、俚语、笑话、谚语、歇后语、民谣、民歌、楹联、戏剧唱词等有浓郁地方特色的语言，往往会产生一种不可抗拒的艺术魅力，营造出异乎寻常的氛围和意境。路遥的《人生》、陈忠实的《白鹿原》、曹乃谦的《温家窑风景》等，在这方面独具特色。当然，运用地域民间语言，要把握好两点：一是要提纯、淬火、升华，即少用插科打诨的粗俗语言和言不及义的无聊语言；一是要有节制，恰到好处。用杂了，用滥了，就适得其反。

六

　　小说不是传奇故事，而是文学，最终的目的是写人。高尔其说，文学是人学。茅盾说，人是我写小说的第一目标。小说创作离开了人的刻画，不在作品中努力塑造典型环境中典型人物的典型性格，就算不上是成功的小说。

　　小说创作最见功夫处，是把人写活。写活人物至关重要的是认识并理解生活中的事物和人物，写出人物性格的丰富性，多样性，复杂性，即人物的个性和感情。小说家的职责是，不仅反映人物的命运和生存状态，更要追究人的内心世界，想象人的精神历程，求证人为何这样，还要探索人应该怎样和可能怎样。巴尔扎克说："人物——当他充分地反映自己的时代，才有充分的生命力。"小说必须反映时代的脉搏和人民的心跳，思考人类的未来及其命运。在逐名图利的当今，小说更要思考人的作为，人的价值，人的意义，人生存的困境，存在的悖论，希望与无奈交织的尴尬，机遇与挑战带来的压力，等等。想想，古今中外的长篇小说可谓汗牛充栋，为什么只有少数才能成为经典名著流传下来，经久不衰？关键在于经典名著里的人物形象永远活在人们心中，人们不是先记住了经典名著的书名和作者，往往是通过它里面的典型人物，才记住了书名和作者。如通过贾宝玉、林黛玉、王熙凤等人物记住了《红楼梦》及曹雪芹；通过孙悟空、猪八戒、沙和尚、唐僧、白骨精等记住了《西游记》及吴承恩；通过阿Q记住了鲁迅；通过骆驼祥子、虎妞记住了老舍；通过高

加林、巧珍记住了《人生》和路遥，等等。可见小说中的人物多么重要，对作家而言，把人写活，比什么都关键。

我们当代文学画廊里，数来数去，还是新中国文学和新时期文学留下的那些人物形象，近些年几乎没有新人加进来。原因在于当下文学反映现实的本领不够用了、失缺了；被西方现代派文学思想过度忽悠，以为现实主义过时了，写实技巧也可以丢弃了。所以就去玩自我、玩观念、玩感觉，而不去深入生活、不做严格修炼和思想积累。这怎么能写出活生生的人物呢！

七

一部成功的小说，除了人物，语言、叙述、结构等文学性好，更重要的是有深刻的思想性。没有思想的灵魂贯穿其中的小说，文学性再强，再生动，也是没有生命的。生动的小说只能感动人，思想深刻的小说才能震撼人。震撼人的小说最大的优势是有精神内质。什么是精神内质？简言之，就是有思想性，它是小说的灵魂；有审美思想，引人求真，向善，爱美，能够把读者的精神世界丰富提升到新的境界；就是有责任性和使命感，有忧患意识和批判精神，关注现实，关注底层。生活对小说创作很重要，而穿越生活的思想对小说创作来说更为攸关。长篇小说是生活和时代的艺术记录，应该具有时代高度，思想深度和生活浓度。

让文学完全服务政治，使其成为工具，这是有害的，不科学的。但将文学与政治完全隔离开，是一种歧途，也是不可能的。邓小平说，不要再提文学为政治服务，当然，这绝非说文艺可以脱离政治，而是说不要违背艺术创作规律，文艺创作不要去图解政策。事实是，文艺从来都离不开政治，思想性、政治性从来都是文艺作品生命之魂。很难设想，没有伟大的思想而产生伟大的作品。作家、艺术家思想政治上不去，作品质量就上不去。人们常说，作家首先是思想家，就是这个意思。"先进文化"，就是指在正确政治思想指导下创作出弘扬主旋律，歌颂真善美，反映时代脉搏，人民心声，思考人类未来及其生命的好作品。我们应当旗帜鲜明地把小说的思想价值放在首位。没有思想性的小说是枯燥的、苍白和无聊的。据说古老的印第安人有个习惯，当他们的身体跑得太快的时候会停下来安营扎寨，耐心等待自己的灵魂追赶上来。小说创作也需要停下来等一等灵魂，这个灵魂就是思想。在这方面，古今中外的文学大师先贤和现当代的优秀作家，都为我们做出了榜样。如（哥伦比亚）马尔克斯的《百年孤独》；（法）雨果的《巴黎圣母院》；（苏联）肖洛霍夫的《静静的顿河》；（苏联）奥斯特洛夫斯基的《钢铁是怎样炼成的》等等，以及中国的四大名著，新时期以来获茅盾文学奖的长篇小说，等等，它们虽然各领风骚，优势不同，但却有着共同的特点，那就是不缺钙，有精神内质，因而耐读耐品。

八

盛世年月，百业兴旺。文学艺术创作也呈现出前所未有的繁荣发达，作家、艺术家及各类文艺作品如雨后春笋般涌现，摇曳多姿，异彩纷呈。进入新时期以来，长篇小说创作如火如荼，每年以千余部的数量问世，真是丰收成灾了。

这种现象可喜堪忧：喜的是文学事业大发展，文学人才猛增长，长篇小说产量上去了，作家队伍成军了；忧的是"萝卜快了不洗泥"，商业化的营销手段已经渗入到了长篇小说生产中，数量"浮肿"，质量"贫血"，小说门槛低，多标准，低标准，甚至无标准。因而长篇小说泛滥，导致阅读审美倦怠。

上世纪五六十年代，人们把作家看得很神圣，把小说看得很珍贵，一部小说出版了，作家名声大噪，作品马上热销，甚至出现一书难求，洛阳纸贵。客观原因，是那时文学读物少，传媒贫乏，作家稀缺。当然那时的长篇小说质量确实高，读者爱读。现在呢，到处是作家，遍地是小说。加之铺天盖地的文化快餐，人们阅读的内容和空间越来越大，有多少人抢着读长篇。这就逼着作家去争时间，抢市场，赶急图块，粗制滥造，结果是出书的比读书的多，败坏了小说行市，作践了作家自己。

致力于长篇小说创作的作家，务必要做到脑要冷，心要静，手要慢。下笔前，要冷静思考，不要脑子一热，就仓促上阵。长篇小说创作是一项复杂综合性的工程，就像建一座大厦，一座水库，动工之前要做好充分准备：选材、备料、设计、夯实地基等等，一样也不可马虎敷衍。陕西著名女作家叶广芩谈她最近问世的长篇小说创作时说："《青木川》的酝酿，算上最初资料收集，前后有20年的时间，我在青木川先后采访了近百人，查阅了大量历史资料……"天津著名女作家赵玫谈她创作《漫随流水》的体会，说："想写这部小说的愿望已经很多年。期间因着种种的其他，我一直将思绪中的女人搁置。我想或者唯有她可以等的，在等中慢慢地沉甸。直到2007年2月，我才进入这部小说的状态。单单提纲就几易其稿。一个可谓漫长的准备过程。阅读和研读的繁复，甚至不亚于写作《武则天》、《高阳公主》和《上官婉儿》时对古籍的考证。而我的主人公明明是虚构的，为什么却比了解真实的历史人物还要艰难。或者是仅仅为了她所拥有的那斑斑的人生？"看，高明的小说家就是这么思考和准备的。

一旦动起笔，则要耐住性子，务必要慢。这"慢"不仅指速度和时间，也包括创作心态。即要心态平静，不为世俗名利和喧嚣所左右，不急不躁，从容不迫地去写。做不到古人曹雪芹写《红楼梦》那般"一把辛酸泪"，"批阅十二载"，起码也像今人陈忠实创作《白鹿原》，躲到乡间土屋里磨洋工，干上五六年。老子曰："其进锐其退速也。"赶出来的作品多半是速极之作。慢工出细活，十年磨一剑。好作品是磨出来的，操之过急出不了精品。第六届茅盾文学奖得主徐贵祥（《历史的天空》）曾说，读10本书不如读一本好书；写10部书，不如写一部好书。优秀作家的读书和创作经验值得我们借鉴学习。

总之，一部长篇小说的创作就是一场马拉松，不仅考验作家的耐力和体质，更考验作家创造一个人所未见的奇异世界的能力。搞长篇的同行，一定要做好准备，经得起这种无法回避的考验。写小说虽然是个自由的个体劳作的活儿，你似乎可以"想咋整就咋整"，其实不是这么回事。当你写出第一句话时，就等于踏上了一条崎岖的长途，必须不畏艰辛一步一步走下去，才有可能到达目的地。

（2009年8月3日）

传统写作的精彩

——读《养女》

　　陈勇对小说这个文体情有独钟，一门心思扑在小说创作上，短篇中篇发表了不少，已经出版了几部专集，还得了大大小小的表彰奖励，可谓功成名就了。我对他是心生敬意的。《养女》是他的第一部长篇小说，功力一如既往，读起来很有吸引力。于是琢磨：是什么东西吸引了我？一部小说的好读，吸引人，有多方面的原因，见仁见智，会有不同的看法。我以为，《养女》之所以吸引人，是传统的写作手法闪烁的光彩，即中华传统小说的深厚积淀和乡村文化的浓郁气息，是"旧瓶装新酒"的独特艺术构架。

　　都知道，小说是离不开故事的，在传统小说中，老祖宗把故事发挥到了极致。如经典名著《水浒》、《三国演义》、《西游记》、《聊斋》等，其中的故事，妇孺皆知，千古流传。然而今天有不少作家却不太看重故事，创作中一味地淡化故事，极力让"生活病态"、"无聊意味"、"宏大话语"、"自我抒写"等进到小说里去，结果是高谈阔论、说教陈述、插科打诨淹没了小说的朴实生动，读起来寡口无味。小说创作，有了好的故事就成功了一半，剩下的一半功夫，就是把故事升华为小说。陈勇是编故事的高手，无论短篇中篇都有好的故事吸引读者。《养女》是长篇，天地宽，空间大，人物多，这让他更有英雄用武之地，可以放开手脚编织演绎故事。不足20万字的篇幅，居然讲了几十个故事，大故事套着小故事，长故事牵着短故事。有的轻松舒缓，有的惊险紧张，有的平铺直叙，有的起伏跌宕。通过大量"合乎情理"的故事情节，全方位多角度地表现了人性的多面性、复杂性。如，我（月姣）被拐卖过程，时而大难临头，时而"柳暗花明"，有几次死里逃生的机会，瞬间又丧失殆尽，充满玄机，险象环生。作者未用传统小说"花开两朵，各表一枝"，"欲知后事如何，且听下回分解"之类的套语吊读者的胃口，而是巧妙地设置了强烈的悬念与伏笔，把读者的心提起来，让你跟着故事跑，非读下去不可。

《养女》沿袭了中国文学中"问题小说"的传统。从上世纪初叶圣陶的问题小说，到新中国成立后的赵树理、马烽等，以及改革开放以来的高晓声、陆天明、张平等作家，都未放弃传统的问题小说的创作，都以关注社会问题，热点问题为主要目标。问题小说大多展示的是底层民众的切身利益，传导出的乃是当下物质生活和精神生活影响下底层民众发出的呻吟和呼唤，欢笑和悲啼。陈勇的小说，多为农村题材，平民视觉，一如他的生活，一年四季总是泡在基层，在三教九流中穿梭往来。因而他的小说是关乎乡村的，关乎乡村心灵的，关乎心灵在时代变革中的疼痛与欢快。《养女》既是一部反映人间真情、亲情的小说，也是一部为底层民众忧伤呐喊的小说。

改革开放给农村带来的变化是深刻的巨大的，经济大

发展，生活大提高。然而在物质生活极大丰富的同时，许多精神的东西却丢失了，那些关乎道德的，文明的，历史的好传统和人心深处千百年积淀下来的美德，正被一点一点的挤压，流失，甚至消亡。陈勇笔下的人物和故事是虚构的，但记录的时代与问题却是真实的存在的。"我"被拐卖，大哥（于安国）包二奶离婚，二哥（于安民）为升县长行贿，虎子（藏獒）被抢，刘三贵、王翠翠夫妇行骗敲诈，张大顺目无法纪，横行乡里，等等。一桩桩一件件，正是时下社会屡见不鲜的被底层群众深恶痛绝的热点问题。没有社会责任心和对底层民众悲悯情怀的作家，是编不出如此贴近社会生活，让人喟叹，进而沉思的故事的。

情，是所有文艺作品的永恒主题。小说成熟的标志之一，是写出支配人物行动的思想感情。生动的小说只能感动读者，有真情实感和深刻思想的小说才能震动读者。《养女》是一部着力反映情与爱具有真情实感的小说，从一户农家捡回一个女孩"我"写起，讲述了"我"的成长，被拐卖遭遇惊险，以及父亲三次寻"我"的曲折艰辛，从而呈现出当下社会的真实现状：丑恶、冷酷、欺诈，然而更多的是高尚、善良、真情和爱。如父女间的亲情，兄弟姊妹间的手足情，有情人之间的爱情，人与人之间的友情同情，还有人与狗的感情，处处闪烁着人情人性的光辉。作者重点描述父亲为寻女儿，承受了万般艰辛，达到受伤流血在所不惜的地步，折射出"血浓于水"的亲情父爱。同时还描写了断腿老汉、大哥、姐姐、龚真、张石柱等人的善举和爱心。读之，令人动容，心灵受到洗礼。这些，说明不管世间有多少炎凉无情，多少邪恶阴险，人间总有真情在，百行万善爱长存。

由此，人们会坚信："只要人人都献出一点爱，世界就变成美好的明天。"这也正是作者创作《养女》的初衷。

陈勇以因果报应的方式处理《养女》的人物命运：善良而有爱心的人都有好结果。这虽然是扬善惩恶宿命的轮回，却是合理的善意的，符合底层民众"善有善报，恶有恶报"的心理诉求和阅读口味。

任何一部小说都难免有缺憾。《养女》的缺憾是叙述方式以第一人称进行，极大地限制了作者的想象与联想，制约了对人物心理活动的描述。第一人称叙述方式用于纪实性自传体小说，最见效果，读起来真实可信；而用于虚构的小说，显得捉襟见肘，顾此失彼。在虚构小说中，用第三人称叙述，作者便全知全能，游刃有余，可以"指哪打哪"。用第一人称叙述，有点作茧自缚，一切活动都要通过"我"的视线和身临其境，"我"若不在场，其他人物、场景、故事情节全都失真了。比如《养女》是两条线推进故事情节：一条是父亲寻"我"的故事，一条是"我"被拐卖的故事。按常理，"我"不在场是不知道父亲活动的故事情节的，可是作者却替"我"娓娓道来，说得有板有眼。而读者则感觉有些不合常理，有点不大可信。这无疑对小说的艺术真实性有所影响。

瑕不掩瑜，这点缺憾动摇不了《养女》是一部有价值好读长篇的品位。陈勇创作势头正旺，又有对小说的执著，相信会不断地创作出好看又耐读的小说来。

（2009年10月28日）

追求人品文品的高度

——读《换水》

　　漓江出版社最近出版的短篇小说集《换水》，是李进祥文学创作的一次精彩小结。读了《换水》，对他的人品和文品有了更多的了解。

　　李进祥是一位业余作者，扎根乡土，默默笔耕，走正道，出作品。他为人低调，不张扬，不浮躁，不争名逐利。一次和李进祥闲聊，说起2006年宁夏第七次文艺评奖中他的小说《屠户》未能获奖时，我表示很遗憾。他却淡淡一笑，说没啥，我继续努力。态度真诚自然，不像是作秀。这让我惊讶和心生敬意。在这样一个沽名钓鱼繁华而骚动的时代，一个作家、特别是一个青年作家，很难耐得住寂寞，耐得住名利，很难守得住文学的贞操和人格品德。李进祥却始终坚持文学品质和作家品格，始终追求一种高度。精神可嘉。

　　《换水》收入的27个短篇，内容丰富，故事各异：有地理文化的，也有民族民俗的；有家庭爱情的，也有人生命运的；有大苦大乐的，也有沉重忧伤的，都无不关注严峻的农村现实和沉默的大多数——底层民众的得失苦乐。通过对农村普通小人物（特别是农村女性）的形象塑造和心灵发掘，对社会现实的锐利审视和深刻思考，表达出作者对底层民众的文化体恤与道德关怀。《换水》、《屠户》、《遍地毒蝎》等反映社会转型期农民在创造新生活中所付出的沉重代价，寄寓了作者对农民兄弟所面临困境的叹息和悲悯。李进祥的小说之所以有"小"中见"大"的效果，产生深思的艺术力量，源于他心忧天下，关注民众的社会责任感和使命感。他的作品沉重严峻、多有悲剧色彩。

清水河之于李进祥，其文学意义不亚于湘西之于沈从文，北京之于老舍，商州之于贾平凹。李进祥对故土有着刻骨铭心的爱恋，那里是他汲取题材、主题、情节、语言、诗情和画意的风水宝地；那里催生出了他文学创作的丰富性和深刻，使他一步步走向文学高地。

老舍说："短篇要想见好，非拼命去做不可。长篇有偷手。写长篇，全篇中有几段精彩的，便可以立得住。……世界上允许很不完整的长篇存在，对短篇便很不客气。"李进祥深谙此道，却一门心思写短篇，几乎篇篇都精致。他的小说文字干净、纯粹，是繁华落尽的真纯；他的语言朴实、扎实，有一种磁性与张力。透过语言文字，我们看到了作者沉静、安稳与从容的创作心态与不急不躁，娓娓道来的娴熟。这种平静与淡泊，既是文品，也是人品，显示了他的文字功力，也显示了他的思想境界。李进祥的可贵处在于从容不迫地叙事，在白描的素净中追求灵动，不刻意制造波澜或贬抑人物，而是让人物沿着各自社会角色的人生轨迹去运行。如《鹞子客》就不是那种轻飘飘的既纯情又煽情的你死我活的言情小说，它是深情的伤痛的，又是严肃的复杂的。看得

出，李进祥对自己的创作要求很苛刻，哪怕是三五千字的短篇，无论遣词造句，还是炼意结构，都非常下力气，力求做到精致，没有一篇是马虎敷衍的。

（2009年11月11日）

风雨阳光红寺堡

——读《原之春》

2009年4月27日，宁夏作家采风团一行20多人，走进红寺堡开发区参观访问。日程安排的很紧，只有一天时间。上午参观科冕万亩葡萄园基地、科冕葡萄酒厂、大河香园移民新村、新庄集一泵站；下午登罗山观赏国家级自然保护区风景、参观中国塘万亩葡萄园基地、新庄集移民旧址、浏览红寺堡城市建设。从上午9时到晚上8时，除了中午1小时用餐，一整天都是行色匆匆，几乎没有喘息的时间。红寺堡给我的印象是：荒原变绿洲，今非昔比；腐朽化神奇，人间奇迹。这里的一景一物一人，都可以听到一个生动的故事，不仅感动了我，而且征服了我。

遗憾时间仓促，是真正的走马观花，囫囵吞枣，来不及"消化"与思考。回到家已是子夜，倒头便睡，连做梦也在红寺堡建设沸腾的现场，到处是轰轰烈烈，热火朝天……

翌日，捧读红寺堡开发区文学作品集《原之春》，我又一次被带进了红寺堡。这部集子收入的170多篇（首）作品全部出自红寺堡作者之手，是货真价实的移民文学。文笔质朴，感情真挚，原汁原味，有泥土的芳香，像生活本身一样

真实地将移民和干部的苦辣酸甜，奉献精神，感人事迹充分展示给世人。它是红寺堡人的心声，是红寺堡人灵魂和思想的火花。读之，感同身受，心灵震颤，油然而生敬意。《原之春》使我领略了红寺堡人的精神风采，了解了红寺堡开发建设的艰辛，看到了红寺堡今日的丰硕成果。这一切可以归结为爱、干、变。

爱家园爱土地的情感会产生巨大的力量，这种力量有极大的吸引力和凝聚力。从1998年起，先后有20万移民由宁夏南部8县等地迁移到红寺堡。他们一到这里就爱上了这片热土，因而不惜付出智慧和汗水，倾心协力打造新家园。《原之春》有20多篇（首）作品描写新家园，如《情系红寺堡》（马秀荣）、《红寺堡随笔》（张耀忠）、《畅想一百年后的红寺堡》（段春芳）、《爱，奔涌在我的笔端》（陈永康）、《爱是一首不朽的歌》（李丽）等散文，虽然取材有别，角度不同，却都倾注了爱恋新家园新土地的深情。马云鹏借红柳赞颂新家园："春天到了／漠风酩酊大醉了／它把她扬成弥天的沙暴／心中的爱哟／一枝不朽的红柳"（《爱》）。刘鹏跃以自己是红寺堡人而自豪，纵情放歌："不要问你来自哪里，他来自何方／我们都是红寺堡人／我们有黄土高原般沉郁的肤色／我们有六盘山伟岸的脊背／我们有九曲黄河宽阔的胸怀／／不要问你姓什么？他叫什么／我们都是龙的传人／我们有一个共同的名字／——拓荒者"（《我们是红寺堡人》）。

汗水浇绿了荒原，苦干美化了家园。"红寺堡人用他们艰苦的劳动，以蓝天为屋，大地为纸，汗水当墨，锄头当笔，日复一日，年复一年，在红寺堡这块1999平方公里土地上描绘着生活的蓝图，用耕耘的汗水改变了面貌"（周国宁《碧绿扮成红寺堡》）。"奋战在一线的工程建设者们……在随时即来的沙尘暴中，帐篷被卷飞了，大家又被'活埋'了一次。沙尘暴过后，他们会心地笑了，盖不了沙土的人，不算咱红寺堡建设者"。吃完饭，"面对碗底的沙土，他们风趣地笑了：不吃沙子的人，不算咱红寺堡人"（李树林《水创造生命的奇迹》）。

沙泉乡工委书记邵金龙一心扑在工作上，"背上、脚上、手上的皮脱了一层又一层，衣衫上像绘了一张地图。"2000年12月22日，邵金龙因公不幸以身殉职，年仅34岁。"走进邵金龙的家，看到的一切着实让人心酸……家徒四壁，没有一样值钱的东西，一个典型的挣扎在温饱线上的家庭……有90岁的老奶奶、60岁的老母亲、2个弟弟、多病的妻子及一双年幼的儿女。"然而，"在他家里，一张张奖状，一大摞荣誉证书，向人们讲述着罗山下拓荒者的故事……"邵金龙走了，"乡邻们含着眼泪凑面粉安葬了他。红寺堡开发区工委书记、管委会主任姚建国感慨地说：'邵金龙的身上凝聚的是红寺堡开发区广大干部拼搏、奉献、牺牲的精神，这种精神是红寺堡创业精神'"（李树林、郭岩《拓荒者的足迹》）。

功夫不负有心人，辛勤汗水结硕果。红寺堡人经过10年拼搏苦干，取得了世人注目的辉煌成绩。高正武的《抒怀红寺堡》、王小军、张耀忠的《逛红寺堡》、王文举的《红寺堡铸就新辉煌》等作品作了真实生动的描述，读来如身临其境，历历在目。

红寺堡开发区的人是在一张白纸上绘最新最美的图画，

所以如今这里的一切都是前所未有，都是零的突破。通过一串不寻常的数字，我们可以清楚地看到它天翻地覆的巨变和骄人的成绩：2008年，生产总值5.02亿元，较上年增长12.9%；工业总产值1.52亿；地方财政收入2100万元，可比增长10%。城市建设面积6.4平方公里，建筑面积64万平方米；建成乡村道路363公里。农民人均纯收入达到2660元，较上年增长16.5%。葡萄种植面积5.88万亩；经果林面积6.87万亩；养肉牛3.6万头；植树造林累计125万亩，植被覆盖率39%。当然，这些成绩放在别的地方，也许很平常，放在曾经是飞沙走石，荒凉不毛的红寺堡，堪称是奇迹。

几度风雨后，今日红寺堡阳光灿烂，地绿天蓝。日新月异添风采，城乡山川披新装。然而，红寺堡人没有满足于现状，他们更新观念，抢抓机遇，与时俱进迈大步，昂首阔步奔小康。傅登学的《明天会更好》，表达了红寺堡人对未来的豪迈情怀与自信；杨涵的《心歌》道出了红寺堡人的美好愿望与憧憬："祝愿你／更加馥郁芳香／坚信你／更加灿烂辉煌。"

潮平两岸阔，风正一帆悬。红寺堡人必将迎来更加美好的明天！

（2009年6月2日）

可喜的收获

——宁夏第八届文艺评奖中短篇小说印象

　　宁夏回族自治区第八次文学艺术奖评选结果于2010年元旦前揭晓，获得本届（2005～2008）各类文艺奖的作家艺术家及单位398个，作品290件，为历届之最。可谓硕果累累，异彩纷呈。

　　我有幸忝列中短篇小说评委，认真阅读鉴赏了所有的参赛作品，留下了温馨的回忆和美好的印象。

　　中短篇小说是宁夏的强项，就像诗歌是甘肃的强项一样，博得文艺界乃至全国的认同与赞赏。新时期以来，宁夏小说实力有口皆碑，先有"两张一戈"（张贤亮、张武、戈悟觉），后有"三棵树"（陈继明、石舒清、金瓯），再有"新三棵树"（漠月、张学东、季栋梁），于今已成长为郁郁葱葱"一片林"。宁夏现有中国作协会员64位，三分之一主要从事小说创作；有宁夏作协会员632位，五分之一主要从事小说创作。他们创作活跃，作品数量可观，质量年年攀升，不断有新作力作发表，有佳作精品被转载。每年约有数十篇发表于国家级和大型文学期刊，有10多篇被各类小说选刊选登。这次参评的作品90%被选刊转载过。王佩飞，2006

年至2008年，有9个中短篇被《小说选刊》、《小说月报》、《中篇小说选刊》转载，1个短篇被《小说选刊》特别推荐。《民族文学》、《十月》、《朔方》等刊物为宁夏少数民族作家、青年作家分别开辟文学专辑、小说专栏和青年作家专号。一次又一次精彩亮相，显示出宁夏中短篇小说一派可喜的丰收景象。

宁夏中短篇小说获奖情况有点像体育运动的乒乓球比赛，先有个人冠军，再有双打冠军，最后夺取团体冠军。20世纪80年代仅张贤亮一人中短篇小说分别获得国家级奖；进入新世纪，获国家奖的接踵而来。先后有马知遥《亚瑟爷和他的家族》（长篇）获骏马奖，金瓯的《鸡蛋的眼泪》（中短篇集）获骏马奖，石舒清的《清水里的刀子》（短篇）获鲁迅文学奖、《伏天》（中短篇集）获骏马奖，郭文斌的《吉祥如意》（短篇）获鲁迅文学奖，了一容的《挂在月光下的铜汤瓶》（中短篇集）获骏马奖，还有几位小说作家获庄重文文学奖、春天文学奖，有七八位作家的小说分别在《人民文学》、《民族文学》、《十月》、《收获》、《小说选刊》、《小说月报》、《上海文学》等期刊评奖中获得中短篇小说奖。本届宁夏文艺评奖获奖的作家及作品，基本上反映了宁夏中短篇小说的创作实力和水平。他们是，荣誉奖：郎伟、郭文斌、了一容；一等奖：王佩飞《日子的味道》（中篇）、季栋梁《小事情》（短篇）；二等奖：李进祥《捍脸》（短篇）、张学东《艳阳》（中篇）、马金莲《碎媳妇》（短篇）；三等奖：金瓯《补墙记》（中篇）、了一容《野村》（中篇）、吟泠《粉菩萨》（短篇）。这次评奖，是一次大集中大检阅，也是一次大鼓励大鼓劲。可以看出，宁夏中短篇小说又上了一个新台阶，正一步步向中国文学高地迈进。

综观本届参评作品，较之以往，题材更宽泛，眼界更开阔，开掘更深刻，极力摒弃浮于表面的地方性、民族性、物质性的东西，穿越生活表象，抵达人的内心世界，人与人的关系，以及种种面临的社会矛盾，物质利益与精神追求，欢乐与苦恼……进行本真的描摹，细致的展示，深入的探索。改变过于依赖故事，简单直白的叙述，以淡化故事，强化艺术叙述的笔墨，从庸常细琐的生活情事入手，深入到人物内心的"节骨眼"精雕细刻。因而作品颇具精神内质，不苍白，不缺钙。8篇获奖作品，摇曳多姿，各领风骚。

王佩飞《日子的味道》是一部家庭起落悲欢史，父殁子亡，生活陷入悲伤困苦。然而寡妇婆媳俩并未倒下，两家合一，化悲痛为信心，扬起了生活风帆。作者以巧妙的编织和独特的叙述语言，将生活悲剧升华为艺术美的悲壮，悲而不哀，伤而不馁，给人一种温暖，一种向上的力量。作品透出家和万事兴传统道德威力和两个村妇自强不息的奋斗精神。语言新鲜有味，叙述舒缓从容，到处铺陈着真实的生活与细节，将寡淡无味的日子写得充满泥土味和柴草烟火味。卒读，口有清香。

季栋梁善于讲段子笑话，现在把它升华为短篇小说《小事情》，以"集束"形式推出。在叙事上，像写小小说那样，尽力挤去多余的水分，砍去枝枝蔓蔓，打磨成好看的单纯凝炼与深刻。故事风趣搞笑，却无插科打诨，语言诙谐幽默，却不肤浅低俗，将批判精神和警世思想融入风趣幽默的故事、人物和语言中，使几个颇有个性色彩的农民形象活

灵活现：算计，狡黠、乃至无赖，但却不失传统道德之根本——善良与质朴。给读者带来一次忍俊不禁而又百感交集的精神旅行。

李进祥总是怀着对故土的痴恋与悲悯，关注底层民众的生存与命运，以平静的心态，沉重犀利的笔触，细心地描摹着他们的忧伤、苦涩、悲痛、凄美、以及渴望与追求，尤其将女人的故事演绎的精美精致。《挣脸》是"清水河女人系列"优秀之篇章，细腻入微的描述心中久存恨意的兰花，在给菊花出嫁前挣脸的时刻原谅了情敌，化敌意为怜悯。一个心底纯洁善良的乡村女子跃然纸上。折射出人性的真与美，亦反映出作者对现实生活，人际关系观察与思考的功力。

张学东的《艳阳》可谓社会问题小说。作者以娴熟的叙述艺术和"写实"的真功夫，把生活的本真面目展示给人们：默默执教，辛苦奉献于阳光事业的乡村教师小白，忙得连个人问题也没有时间去考虑。突遭车祸，英年早逝，令人痛心不已。痛定思痛：全社会应给教师多一点关照，让他们更充分地享受阳光温暖。关注生命与人生，悲悯苦难与不幸，这些传统的中华文化基因，贯穿于作品之中。作者将良知和社会责任感，一起给了读者，让读者以阅读的沉重感去深思去解读。

马金莲的小说一如既往地生活热浪扑面，真实朴实。《碎媳妇》丈夫外出打工，她干家务，怀孕生孩子，被嫂嫂挤兑，受婆婆管教，身心劳苦，日子空落，有太多的无奈与叹息。庸事琐事，儿女情长，乡风民俗，家长里短，从作者笔下涓涓流出，对事物作细致的描写，对人物作细微的感情表述，读来身临其境。作者突破了当下底层叙述中单纯展示苦难，以讲故事为主的写作模式，着意淡化故事，努力抒写人物内心，揭示精神世界，探究更多深层次的东西。这种挑战传统的写作，显示出作者的勇气与能耐。

金瓯的《补墙记》，当属于城市文学。城市文学不好写，不像乡土文学那样个性鲜明，地域特色更鲜明。城市跟城市都差不多，要写出一个城市的特点，写出它的不同处确实不容易。《补墙记》却在大家习以为常司空见惯的都市生活中发现题材，找准角度，将城市拆迁中几类人物面对矛盾、纠纷、补偿、赚钱等活动场景的心态，言行举动，惟妙惟肖地凸显出来，给人一种强烈的"在场"感。这源于作者有善于观察生活的眼光，独特取材与构架谋篇的能力，更有游刃有余的叙述语言艺术。

了一容以前的小说有种沉重、苍凉、压抑感，这与他曾经身心的流浪有关。《野村》与以往的作品不同，温暖而亮色，读起来轻松。一个年轻作家，创作没有固定的路数，这是好现象。如果手法固定下来，就会面临更为艰难的自我突破。地域的独特性成就了了一容的创作。《野村》抒写与作者息息相关的故乡农民特定的生活场景，以及他们的追求与渴望，典型的乡土文学现实主义。从写作艺术上看，并没有多么高超，但有一种原生态"野"性的魅力。老舍说："粗野是一种力量，而精巧往往是种毛病。"作者大概悟得了此道。

吟泠的《粉菩萨》讲述父亲、继母、儿子三者的微妙关系及各自不同的婚姻经历。折射出当下社会人情世故，思想观念的变化，一些传统美德被扭曲，挤压，甚至丢失，但善良、同情、爱心等人性良知之光依然闪烁。作者以冷静而温暖的心态，用民间化、个性化的语言，不疾不徐行云流水

般道来。作品充满日常化情节，人物有血有肉，语言雅中有俗，俗中有雅。作者不是为文学而文学的专业作家，没有居高临下的创作优势，长年"泡"在底层生活中，渗透人间烟火柴米油盐味，所以她的小说叙事呈现出民间叙事（也可称基层叙事或底层叙事）的独特性，从而大大加强了反映现实生活的深度与广度。

欣喜之际，尚有几许遗憾：因奖励名额有限，参评作品中尚有几篇上乘之作名落孙山；有几位极具实力的作家，或出于谦让，或不愿凑热闹挤兑同仁，未送作品参评。中短篇小说合为一组，按30%分配奖励名额，不科学，欠公平（鲁迅文学奖中短篇分列单评）。以上情况，正好说明宁夏中短篇小说实力之强，力作佳作之多，也说明本届获奖作品并非佳作之全部，而是一部分。如此说来，我们应当变遗憾为自信，并为此而高兴。

（2009年12月24日）

表 现 成 熟

——读《朔方》"宁夏女作家作品专号"

为纪念国际"三八"妇女节100周年，《朔方》第三期特意推出"宁夏女作家作品专号"。老中青女作家济济一堂，其作品摇曳多姿，可圈可点者不少。读后收获多多，仅选两篇谈点感受。

吴善珍的《十九号后院的雪》是一篇写名人的散文。雪后的一天，作者走进一代文豪鲁迅在北京的故居。所见所闻所想独特而新颖。文笔优雅，语言质朴，字里行间蕴含着真挚的感情。情绪平静而祥和，思想丰富而成熟。不像有的文章把鲁迅写成了高大全的"神"，也不像有的文章把鲁迅贬为好打喜斗的"魔"。吴善珍的文笔和情感就像她脚下洁白的雪，清爽而柔软，客观、理性地道出了鲁迅的为人为文。且看这几段文字："在这个院子里居住的一年多里，他的文字成果是两百多篇，那两百多篇可不是像如今有些写手那样'灌水'灌出来的，而是一头'吃草的牛'拼着命劳作出来的，一篇一篇掷向历史，逐一坐落在不可撼动的位置上。如果有文字的暴力，那么暴力不可能消灭魅力，魅力来自于灵魂强大的力量，也来自于伟大的天赋，有一种绝世的天赋是

不可战胜的……今天他已经用不着'一个都不宽恕',也不必'眼珠也不转过去'。他会一笑:人各有志,让人家去不喜欢罢;更可能是正色道:声音越多越好,这是社会的进步。"最后,作者"站在这里一个人想,想那个伟人的一切,也想我一个平常人的一切,想着无数如雪般大而化之的心思"。这是一位成熟作家对一位文学大师的评价与感想,客观而真实,冷静而和善。与近年那些违背事实,发泄情绪的评论鲁迅的文学作品相比,吴善珍是将真实的鲁迅与自己真实的感情重新带回了文学。

判断一部文学作品的价值不仅仅看它形式的华美,还要看它道德的取向;不仅仅看它激情的酣畅,还要看它理智的节制。《十九号后院的雪》就具有这种品质。

吟泠的《鲶鱼》,是一篇乡土题材叙事小说。说的是作者非常熟悉的西北农村高沙窝一个穷汉子炳元的故事。作者的注意力集中在身份卑微的小人物炳元身上。写他的命运,写他的性格,写他的精神追求,最后完成了一个勤劳,善良,感恩,不忘父母养育之恩的普通农民的形象。

叙述平实而有味:没爹没娘的炳元,"眼看到了娶亲的年龄,钱没一文钱,房没一间房,烂账倒是一箩筐"。"书没念几天,旁门左道却学了不少,会吹唢呐,会描龙绘凤,还会搬砖弄瓦——不用吊线,砌起来的墙比线直"。乱世饿不死手艺人,就凭这身本事,炳元走上了江湖,在陕甘宁一代闯荡,走村串户。"对于高沙窝,炳元心上没有什么牵挂了。贴身口袋里,包着娘的一缕青丝……一路上,只要逢着寺庙,他就收拾干净,穿戴整齐,进去磕三个头,敬两炷香,舍散些钱,求的是爹娘在那边有钱花、有酒喝、有新衣穿有高轿子坐，求的是自己一路上平平安安，顺顺当当"。一天，炳元捕获了一条鲶鱼。打斗鲶鱼的场面非常激烈，炳元差点在鲶鱼面前败下阵来。最终炳元用黄铜唢呐在鲶鱼头上砸了十几下，才捕获了鲶鱼。他带着鲶鱼走进一家车马店，跟东家一起喝了鲶鱼汤。不料，后来炳元病倒在车马店里了，病得很厉害，他没一点瞌睡，一直在想：人不能欺负一个人，也不能欺负一条不会说话的鲶鱼。宿命的因果报应思想在折磨他。病好以后，炳元起身前又上了趟掩古寺，磕头、上香，口中念念有词。没人知道，炳元在香炉下面，悄悄许下了一个什么心愿。

　　故事很简单，读后仔细琢磨觉得并不简单：一是人物立起来了。小说，无论长篇，中篇，短篇，总是要写人的，一个中篇或短篇，能写活一两个人物，就算成功了。时下，有些小说，只听楼梯响不见人下来，通篇是东拉西扯的说教，读完脑子里一团乱麻。《鲶鱼》从头至尾都是炳元的身影和言行，读罢，脑子里留下一个活生生的四处闯荡勤劳肯干的西北汉子的形象。二是叙述笔调从容舒缓。文学作品是叙述的艺术，小说尤其考验叙述功力。吟泠已经形成自己的叙述风格：有耐心，不急不躁，委婉内敛。我们经常读到的作品，无非是这样几种叙述类型：一种是作者疾书猛呼，攥拳跺脚式的叙述，一副要把自己的作品硬塞给读者的架势；再一种是皱着眉头，搜肠刮肚，写些云山雾罩的话，生怕自己的作品不深奥，不哲理；第三种是自然本分，徐徐道来。吟泠的叙述风格属于第三类，朴实好读又不肤浅，机智有趣又不油滑。用什么样的方式和语言叙述自己熟悉的生活，是作家创作成功的法宝之一。吟泠这方面的努力是有收获的。三

是作品里有些语言很有禅味。如炳元建庙修寺，敬神烧香等言行、场景和氛围的叙述语言；还有炳元常常对娘的回忆："娘的话不多，说出来也总是那几句：人呀，都是个孽障；钱呢，是另一个孽障，阿弥陀佛！"等等。这些，都充满禅味，融合了儒释道的一些思想碎片。一个作家美学思想的构成，必须有坚实的哲学基础来奠定，美学思想是哲学孕育出来的精神花朵。如果打通了儒释道的哲学通道，化哲学为艺术，化哲学为文学，甚至化哲学为语言，那么一个作家就得道成仙，修成正果了。其实，文学的高境界跟求仙访道一样，必须苦苦地去修行。

吟泠是有潜力的，创作前景看好。她已经找到了自己的路子，接下来怎么走，还要看自己的悟性与生活的恩赐。

（2010年3月8日）

光彩在正说中闪烁

——序《西施》

　　说实话，李义的长篇小说《西施》还是有读头的。我仔细通读了一遍，有些章节还反复读了几遍。近年来，长篇读了不少，可有的只读了一半，甚至还不到一半，就放下了。不是嫌长，也不是没时间，主要是没读头，读不下去。有的虽然读完了，但完了就完了，脑子里空空的没留下什么。原因是，有些小说没意思，没味道，读后不能让人记住点什么，留下点回味。《西施》不一样，读起来，就想往下读；读完了，把书稿放下，里面的人，里面的事，还在脑子里缠绕，挥之不去。一部小说，能有这样的吸引力和艺术效果，就相当了不起了。

　　俗话说，外行看热闹，行家看门道。我是以内行的眼光看《西施》的，读的过程，免不了看它的"门道"。而后又打量琢磨：是什么东西拢住了我？它的优长在哪里？

　　《西施》的语言好。不管是什么题材什么形式的文学作品，第一眼看的是语言。语言好了，就会喜欢上，就会往下读。语言不好，就没劲了，不想往下读。《西施》的语言好就好在，一句是一句，实实在在，不浮艳，不雕饰，不晦

涩，干净利落，没有杂质和障碍，有一种坚硬的质感。整部小说的叙述语言，凝练、古朴、畅达，雅俗兼容，颇有古代白话小说的味道。在叙事述人的语言中，时有古色古香的词语，如"安寝"、"今番"、"允准"、"奢靡铺张"、"孰近孰远"、"无思无想"，等等，以及古代人称用词"尔"、"贵人"、"寡人"、"下臣"，等等。此类词汇的运用，为作品平添了一种历史的逼真感，散发出一种沧桑、厚重的审美色彩。《西施》的语言文字洁净，没有粗俗的污言秽语，既没有脏话"黄"话，也没有插科打诨的无聊话，读起来清心爽目，读后余味绵长。

《西施》的结构好。全书为板块式结构，分三大板块：第一部分，忍辱含羞；第二部分，花开异地；第三部分，梦碎五湖。一块和一块，自成体系，故事相对独立，但却不脱节，不游离，不散乱，前后关联呼应，融会贯通。以西施、范蠡、勾践、夫差、伍子胥等几个主要人物贯穿始终，将众多人物故事，情节细节有机联结，浑然一体。《西施》从表面看，线头很多，人物纷杂，事件错综。但从内里看，主干分明，人物凸显，事件清晰。就像一条茎蔓把一嘟噜一嘟噜葡萄串起来，看似纷乱复杂，提起茎蔓，却是排列有序，有条不紊。

长篇小说结构非常重要，就像大型建筑的设机构图，决定着工程建造的进展是否顺利，质量能否达标。中国古典长篇小说，把结构功能发挥到了极致，因而打造出许多精品经典。可惜今天的不少长篇小说作者，对古典小说结构的优秀传统不屑一顾，一味追求蒙太奇、交叉、跳跃、倒叙等时兴、"前卫"的手法技巧，结果把一部长篇的好题材好故事，结构得颠三倒四，云里雾里，表面乍看富丽堂皇，进入内里细看，是"豆腐渣"工程。李义没有丢弃古典小说创作的好传统，不赶时髦，不追新潮，而是坚持自己的审美观，运用传统的古典的现实主义手法结构和叙述历史故事，在此基础上大胆创作，推陈出新。

《西施》是一部厚重之作，40余万言，是李义用5年时间打磨出来的长篇。尽管语言流畅，很容易读下去，但读的过程并不轻松。因为故事很沉重，气氛很压抑，有些场面情节还相当残酷，乃至字里行间有血渗出，有泪涌出。《西施》讲的是距今2000年春秋时期，越国与吴国兴灭更替，勾践与夫差斗智搏勇的历史事件。对于这个沉重的话题，作者没有把它"假说"和"戏说"，而是采用严肃的"正说"。都知道，小说是虚构的艺术，其中的人和事都是作家编出来的，但让读者看了还不能看出有假。如果看出假来，就会对整部小说不相信了。小说家要有弄假成真的本事，让你看了他笔下的人和事，感觉跟真的一样。这是一种艺术力量，小说有了这种力量，才能征服读者。《西施》中的人物、故事，是从岁月深处流淌出来的，史书有记载，民间有言传，如卧薪尝胆、吴市吹箫、东施效颦、伍员逃国等人物传奇与成语故事，脍炙人口，流传甚广。这无疑更给作家增加了创作难度。倘若用"戏说""假说"去写，任意发挥虚构能力，胡编乱造，信笔涂抹，不仅创作难度小，而且还能赚得不少读者的兴趣与口味。然而，李义没有避重就轻，没有迎合低级趣味。他清楚，那样写，轻松是轻松了，却会冲淡对历史事实的尊重，对人物形象的刻画，对作品思想的开掘，创作出来的作品必然是轻飘的，苍白的。所以他用正说去写，尊重历史，大事不虚，小事不拘，努力回到史实，回到真实。虽

阅读留言

然不是事事有根据，件件有出处，但给人的感觉是真实的，可信的，感人的。当然，小说毕竟是小说，写得多么真实也是想象力的产物。想象力是作家最基本的生产力，没有想象力的作家，其创作就会死亡。没有想象力的小说的真实，就不是小说艺术的真实。从这个意义上说，《西施》可谓是一部正说的有丰富想象力真实的历史题材长篇小说。

《西施》还是一口警钟。常说，作家要有社会责任感，要有历史使命感。李义和他的《西施》没有忘记这一神圣职责，其字里行间，人物故事，充满呐喊和悲愤，深思和警醒，救亡和兴国。看得出，李义写这部小说，是怀着一种忧患意识，一种醒悟提示：要想历史的悲剧不重演，首先是不能忘记过去；要想在失败中崛起，首先是经得起苦难的折磨。

《西施》也许不会走红，不会火爆，不会受到追捧。但它却是一部不会被埋没的好读而有价值的小说。得知，李义又在准备创作下一部长篇，还是历史题材的。这是好事情，应当祝贺。我虽然不知道他要写什么，但怎么写，想提两点希望：一是要从容不迫地去写，耐住性子慢慢地磨，慢工出细活，赶急图快不会有高质量。二是不要忙着讲故事，把功夫用在打捞细节和刻画人物上。好细节不一定保证产生好小说，但好小说绝对离不开好细节。一部长篇小说至关重要的是是否有许多生动的细节，是否出几个典型人物，这是衡量作家水平和作品质量的硬指标。《西施》在细节运用和人物塑造方面，着墨尚不足，用力也太轻。今后创作要努力改进，再上台阶，为读者献上更好看的长篇佳作。

（2010年6月15日）

彩虹风雨后

——《老区时空》卷首语

盐池大地，沧桑巨变。抚今追昔，心潮澎湃。

在举国上下认真落实"十二五"规划，兴高采烈迎接中国共产党诞辰90周年的喜庆日子里，盐池人民同时迎来了盐池解放75周年。时值良辰，感慨万千。缘此，《老区时空》隆重推出"纪念盐池解放75周年"专辑，向光辉节日献上一份厚礼。专辑设"辉煌成就"、"历史回眸"、"创业精英"、"红色文化"等栏目。入选的84篇（首）作品，出自过去和现在战斗、工作、生活在盐池的党政领导、创业精英、文化名人之手，他们以满腔激情和朴实的文笔谱写了一桩桩感人肺腑的创业事迹，唱响了一曲曲可歌可泣的英雄赞歌，讲述了一个个地久天长的精彩故事……

岁月如潮，往事如歌。无论是硝烟弥漫的战争年代，还是阳光灿烂的和平岁月，无论是风雨坎坷的困难时期，还是大潮逐浪的改革开放日子，盐池儿女在中国共产党的坚强领导下，前赴后继，英勇奋斗，艰苦创业，奋发图强，在不同工作岗位，做出了积极贡献，取得了可喜成绩。他们用血汗和智慧，化盐池古老而荒凉的土地为神奇，描绘出令人惊叹

的壮丽画卷，演奏出共产党好，社会主义好，伟大祖国好，改革开放好，各族人民好，革命老区盐池好的宏伟交响曲。

　　"等闲识得东风面，万紫千红总是春"。社会主义革命和建设取得的光辉成就充分证明，没有共产党就没有新中国，就没有盐池的解放和盐池美好的今天。记载历史，回忆过去，意在激励当今，昭示后人。专辑汇集的作品，虽然题材不同，手法各异，时间不一，角度多样，但却有一个共同特点：资料详实，文风质朴，感情真挚，用生动有力的事实告诉我们，今天的幸福来之不易，我们要倍加珍惜。饮水当思源，居安怀思进。不忘过去，是为了鼓舞斗志，创造更加美好的未来。让我们以纪念盐池解放为前进动力，继续发扬党的优良传统，发扬革命老区精神，再接再厉，努力奋进，同心创伟业，携手铸辉煌，从胜利走向新的胜利。

　　　　　　　　　　　　　　　　（2011年8月2日）

心有灵犀文出彩

——序《行走的声音》

　　作品是作者人格和精神的写照，是心灵和汗水的结晶。郭可峻洋洋洒洒30万言的文学作品集《行走的声音》，一篇一章字里行间无不显示出他的思想境界、灵性智慧和勤奋努力。多年来，可峻工作之余笔耕不辍，日积月累，创作出二百余篇作品，有新闻通讯、报告文学、散文随笔、杂文、评论等，于今选出108篇，分类成册，付梓行世。这些文字是他一路走来，且思且记发自心灵的"声音"。有感情有思想有色彩，赏心悦目，值得一读。

　　书山有路勤为径，学海无涯苦作舟。可峻是个喜读书，勤动笔，善思考，处处留心做学问的人。他自幼家境贫寒，高中毕业后就参加了工作。靠自学成才，大学专科、本科两个学历都是在职自学取得的。他虚心好学，笔墨相随，拿到好书就读，遇上好句子就记录下来。别人赠他的书，悉数上架，仔细拜读。在《赠书读来味更长》中深情地写道："读熟人所赠的书，更让我从他们身上学到了崇尚真善美，摈弃假丑恶的做人道理，也加深了我与他们的交往与书外的友谊。"别人对他的指点教诲，哪怕只言片语，也十分上心珍

惜。一次，他跟我交流创作，居然拿出20年前王庆同教授任盐池县委宣传部副部长时为他修改过的一则新闻底稿，一字一句对比优劣，感慨地说："它是我走上创作之路的第一块基石，受益终生。"跟我办《黄河文学》那几年，他很用心思，每期刊物终校稿出来，都认真阅读，对编审校出的错别字句，一一记取，有的还抄录在笔记本上，以求下不为例。读的书多也让可峻兴趣爱好广泛，热爱生活，勇于探索。除了追求文学作品写作的炉火纯青，还爱好和研习书法、摄影、楹联、灯谜等。他的硬笔书法作品和摄影作品颇有成果，或被报刊登载，或参加展出，或获得奖励。收入《行走的声音》中的30多篇评论，有评小说、散文、杂文的，也有评书法、美术、摄影的，还有评戏剧、篆刻的。没有广博的知识、广泛的爱好和相当的艺术鉴赏水平是写不出来的。

　　一个长期工作在行政岗位上的干部，近年又身为文化口的负责人之一，公务繁忙可想而知。然而可峻却不忘在诗情画意的世界里漫游，如饥似渴地读书，如痴如迷地创作，这不是为了附庸风雅，也不是给自己脸上涂脂抹粉，而是为了不断"充电"，为了追求更高的人生境界。在当今科技发展知识更新飞快的时代，对干部队伍的知识结构的要求越来越高，能写书著文虽然不是对一个公务员的必然要求，但毕竟体现出他的综合素质。"腹有诗书气自华"，对此，可峻有清醒的认识与自觉。

　　雨果说："人心是艺术的基础，就好像大地是自然的基础一样。"搞文艺创作的人，尤其要有灵性。心灵是文字的最高裁决者，文章永远与心灵休戚相关，是心灵的旅程，人性的美学。心有灵犀出美文，可峻有这样的心与"灵犀"，能够把自己对事物对人物对文艺作品的见解、思考和价值判断，通过不同文体予以叙述表达。他的散文随笔以清新自然见长，尤其怀念家庭亲情的文章，感情真挚，又能从中提炼出一些思考和认识来。他的评论作品，文风朴实本分，不跟风，不媚俗，不玩花拳绣腿，不发奇谈怪论，坚持唯物史观和正确的美学观、价值观，体现出对优秀文化传统的继承和敬重。这是严肃地对待艺术和人生，是创作的高标准，严要求，也是作家应有的责任感。如评青年书法家陈国鸿一文《气韵流转 匠心沉墨》，开门见山地说："评一个书法家，不仅仅要看他的字，更多的是他字外的功夫和修养。因为一个优秀的书法家，是特别注重身心双修的。"指出青年书法家要把练字修身结合起来，这是一种人生意境的追求，是一种大智慧的境界。他非常推崇著名书家吴善璋师古不泥古，继承传统又不断创新的创作路子，在《擎火炬而攀登者》一文中说，他"几十年潜心钻研，从楷书入手推及篆、隶、草等诸体。对王羲之、颜真卿、欧阳询、孙过庭、米芾……等历代书法大家的名帖名迹，都做过长时间的认真临习研究，倾注了大量心血。"对著名国画家沈德志坚持深入生活，热爱祖国壮丽河山，常年外出写生的创作精神，著文《气势磅礴 意境高远》，高度评价："只有胸中装有千山万壑，笔下才能有所依据，才能传神。"沈德志"深深地爱上了宁夏这块高天厚土、高山、黄河、大漠、高原，这里寄托着他许多的艺术才思，这里实现着他一个又一个理想意境。"

今天，我们身处纷繁喧闹的环境，人心浮躁，名利诱惑，生活节奏紧迫，一般人不容易静下心来读书著文，更难发现创作素材，激起创作灵感。可峻却能做到闹中求静，忙

里偷闲，用心灵和慧眼去捕捉生活中那些微不足道的素材，调动情绪，创作出一篇又一篇好读耐读的散文随笔。如《一只小松鼠》、《窗台上的花盆》、《老伙计》（自行车）、《大哥的房子》、《两盏红灯笼》等，都是生活中司空见惯熟视无睹的事物，却写得摇曳生姿，意味深长。这使我想起雕刻大师罗丹的名言："这个世界并不缺少美，而是缺少发现美的眼睛。"可见作家艺术家的灵感与眼力何等重要。

古语说："天下本无事，庸人自扰之耳。"它本是贬义，扯到文学创作上就成了褒义，即高明的有责任感的作家非常善于做"庸人"，"自扰之"，在他的笔下本来无事的天下可以生发出各种各样新鲜的有趣的值得说叨的议论的描写的事来。《行走的声音》第二集"千愚之得"就编辑了36篇描写议论人和事的随笔杂谈，篇篇是对社会人生的直接干预，言之有据，言之有理。有的谈古论今，寓情说理；有的针砭时弊，激浊扬清；有的悲天悯人，呼唤正义；有的誉人之长，补己不足，等等。如《会睡觉还要会翻身》，批评某些服务人员执行规章制度"严格有余，灵活不足"，给顾客造成困难；《路口莫当"急先锋"》，告诫行车宁抢不让的司机，务必"宁停三分，不抢一秒"，避免交通事故；《麻将人生》给那些沉迷于"方城"游戏人生者敲响警钟：要清醒自律，万莫陷入其中误了前程……对这些大大小小的"闲事"，竟然如此较真，津津乐道直陈利弊，充分体现了作者的胆识、良知、社会责任心和批判精神。

《行走的声音》中不少篇章，读来有意思，有意义。有意思，绝非插科打诨，低级趣味，而是有情趣，有味道。有意义，就是不肤浅，不苍白，有深刻的思想内涵，看完让人回味，咀嚼中得到启迪和精神升华。读《感知时光》、《生命的节奏》、《幸福之手》、《在上海当老外》等篇章，就有这样的感觉与收获。把文章写得有意思还要有意义，看起来是基本要求，其实是很高的要求，是个硬指标。可峻有些篇章有意思有意义，说明创作水平已上到一定高度。

对可峻今后的创作，有更高期待：给作品留空白，不必写得太满太透。英国著名作家王尔德说过："作品的一半是作者写的，一半是读者写的。"大家高手的散文大都空灵隽永，含蓄深邃。经典之作往往是"不著一字，尽得风流"。如果作者把"意会"都变为"言传"，读者就失去了"思而得之"的空间和阅读兴趣，文章就没有了回味余地。

可峻年富力强，心有灵犀，对文学创作求仙访道般虔诚执著。相信一定会创作出更多有意思有意义的作品。我们翘足引领。

（2011年3月14日）

素笔写真诚

——读散文集《感恩》

　　散文集《感恩》（吉林大学出版社2010年11月第一版），是李玉梅继长篇小说《法与情的锁链》之后，出版的又一部厚实之作。两部作品各有优长，我却更看好《感恩》。通篇以朴实无华的素笔写人记事抒情，犹如跟读者促膝谈心拉家常，琐碎细详，真诚坦率。体现出散文应有的质朴、真实、单纯之美，有一种打动人心的力量。

　　以平常的眼光和心态看待现实中的人和事，以质朴坦诚的语言讲述作者的心灵世界与真情实感。《感恩》所收48篇作品，全是她身边的人和事的真实记录，作者不扮演智者的角色，也不显示自己的高明，而是仔细观察生活，认真体味人情世故，以普通人平常心看人和事的存在状态，然后唠唠叨叨地讲述，轻轻淡淡地描写，于是一个个人物向我们走来，一件件琐事逐迤展开，地道、家常、亲切，让人如入其境，如见其人，如历其事。《暗香浮动》抒写的是作者的同事付冬梅（人们亲切地称她付大姐）勤奋工作、乐于助人之事，有温暖，有苦涩，有欢乐，有忧虑，虽然不着浓墨重彩，没有雕刻虚构，也无拔高贬低，但却有一种真情从字里行间流泻出来。读着读着便产生共鸣，深受感动，不禁也要用"树影横斜水清浅，暗香浮动月黄昏"中的"暗香浮动"来比喻付大姐。《兰花芳香》记述老检察长张兰花的许多感人事迹，尤其退休后自己的家成了职工的开水房，成了回家吃饭困难职工的快餐馆，老检察长则成了个别职工孩子的保姆。"我从外地返回，迎着月色回到家中……才知道，老检察长40多个夜晚，一直陪我女儿入睡。那一刻，我的眼前出现了老检察长瘦弱的身影，双眼湿润了……"平淡朴实的文字，洋溢着真情和暖意，卒读令人动容。

值得称道的是，作者平静泰然、包容忍让和无悔无怨的处世心态。当面对现实生活中的无奈和丑恶、伤害和误解时，她没有逃避现实，没有激烈争辩，始终保持应有的冷静，不温不火，欣然接受。多少人和事，纷至沓来，良莠错综，她看到的却是生活流过去的点滴闪光，然后用恬淡平实的文字记录下事情的原委和内心的沉重。作者给予人们的是向前看的态度，理解世事风尚的变化，以普及万物的怜爱之心，包容大爱，跟上生活。《风传音》记述某同事背后向领导打作者小报告的事。她得知后非但不火不恼，还认为那个同事算得上"敞开心扉"，进而检点自己的不足，最后，郑重告诫自己："风传音也好，人传言也好，闲谈莫论人，自修多用功。"多么宽容的心胸。《乃种人》是作者自身婚姻、家庭遭遇不幸的真实倾诉。她虽然无奈、委屈，伤痕累累，却以善良温暖的胸怀去忍耐、宽容、谅解，常常抹泪含笑，"因为眼泪流出时，我的心是笑的，僵化的面部表情流露出从未有过的轻松自然"。为了儿女，为了家庭，为了事业，她选择了牺牲自己，委曲求全，一位贤妻良母的形象跃

然纸上。散文的真实，除了人物、事件、细节的真实，最重要的是感情感受的真实，如果作者没有亲身感受，没有真情实感，是写不出这样真诚的进入人心灵的文字。

散文是心灵流露出来的文字，是作家情感的再现；散文无所谓大和小，宏大叙事也好，私人化写作也罢，真实就好。当前散文界存在一种"伪贵族气"，作家关在书斋里与真实底层生活脱离，写出来的文字要么格调不高，要么虚弱苍白。《感恩》的可贵之处是很真实，生活化，这很不容易，应当肯定。但必须要知道，一个成熟作家不只表现生活，还要思考生活，不只写你眼中的世界，还要写你心中的世界。就是说，真正好的作品是既生活化，又艺术化，既真实，又深刻，还要有味道。散文的主流是关注现实，表现时代。散文表现时代可以有多种——近距离反映是一种，远距离表达也是一种。面对我们这个时代五彩缤纷的生活，作家要全身心地贴近和融入，要站得高、望得远，要有所担当。当然，这是高标准的要求，一般人不容易达到，要求《感恩》的作者一下达到这样的水平很不现实。然而，李玉梅的创作路子是对的，她将真实的生活与真实的感情重新带回了文学，这是难能可贵的。她正在努力前行，相信会继续写出精致精美的散文。

（2010年12月15日）

我眼里的散文品质

好散文应该具备什么样的品质？这是个老生常谈的话题，也是个七嘴八舌的问题，可以见仁见智。以我的阅读经验和创作体会，觉得好散文应具备这样一些基本品质：

有真情。散文的本质是真实，而真实最重要的是真情。古语说，感人心者莫先于情，情动于中，莫先于真。好散文是心灵之歌，如巴金所言："说心里话，把心交给读者。"即散文是用心写出来的，不是作出来的，"写"与"作"的根本不同在于有无真情实感。无病呻吟，矫揉造作，"为赋新词强说愁"是虚情假意，必然忸怩作态，如同皮笑肉不笑的面部表情一样，是装出来的，感动不了读者。

有人认为，写人的散文重在情，叙事记物的散文未必。这是一种误解。须知，真情是散文的生命。无论何种题材的散文都要有情，不同在于有的是直抒情怀，有的是"即物"、"即事"抒情。叙事记物的方式是，即物以明理，即事以寓情。如司马迁的煌煌大著《史记》，文美情深义远，为"史家之绝唱，无韵之离骚"；范仲淹的《岳阳楼记》是"即事以寓情"的经典；茅盾的《白杨礼赞》是"即物以明理"的范例，等等。它们情笃意切，感人至深。

有文采。散文是雅致而俏丽的美文，即内容美，文笔美，神韵美，形式美，说到底就是语言美，有文采。说到文采，有人会认为就是文笔艳丽，语言花哨，是堆砌辞藻，粉饰雕琢。恰恰相反，真正的有文采，是纯洁朴实，妙语天然，洗尽铅华见真美。鲁迅先生为文一贯主张"去粉饰，少做作，勿卖弄"。他的文章语言质朴深刻，有神韵，达到炉火纯青的境界。唐诗流传最广最久的诗句都是直白的通俗的，如"床前明月光，疑是地上霜"，"白日依山尽，黄河入海流"，等等。说明朴实的语言最美，最容易被群众接受记住，所以最有生命力。

散文是文学作品，语言要充分展示它的艺术性，即在充满文采的氛围中展开叙述。如果语言枯燥干巴，寡淡无味，晦涩拗口，谁还有兴趣阅读。最能引起读者兴趣的语言文采，总是鲜活的，生动的，质朴的，有味的，即通常所说的独特的个性化的语言，这也是一个作家风格的体现。唐代大文学家韩愈、贾岛为"僧敲月下门"诗句中的一个字——"推"与"敲"而车马相撞的故事成为千古佳话。可见古人遣词造句的良苦用心。散文创作尽量少用那些放之四海而皆准的语言，那些规范化的公共书面语言。那样就容易把自己独特的语言风格，独到的感情给泯灭了，其个性也随之消失了。贾平凹的文学语言就很有特色，假如他要描写这样一件事，语言一定很独特：几个漂亮女孩从前面走过，美丽了一条街。把形容词美丽作动词用，虽不符合语法用词规范，却新鲜生动，读起来有味。

有意思。这是散文个性风格的又一种体现。有意思，并非单纯的娱乐，逗趣，更不是插科打诨，低级趣味，而是读起来幽默、风趣、有情致，有味道，于谐寓庄，于趣寓理。读着赏心悦目，读罢余味不尽。要把散文写得有意思不是轻而易举的事，这需要作者丰厚的文化素养，鲜活有味的语言和睿智自然的叙述能力等。没有这些艺术功力，要把散文写得有意思是不可能的。鲁迅的《从百草园到三味书屋》、《狗·猫·鼠》等散文就很有意思，写的全是不屑一顾的庸常事物，却味道浓郁，别有风趣，内涵丰富，读之有一种直抵人心的艺术魅力。

有意义。指一篇散文的主旨和思想内涵。古人说，"凡文以意为主"，"文以载道"，"文章合为时而著"，等等，这是传统文学的价值观，我们应当继承。《离骚》、《史记》、《窦娥冤》、《红楼梦》等古典名著，就是"合为时而著"严肃的深刻的现实主义作品。

作家是人类灵魂的工程师，应具有"铁肩担道义，妙手著文章"的责任心，笔墨当随时代。散文的主流是关注现实，表现时代，即使写身边的琐事，也要传达时代的心声，融入生活的大海，如果远离时代，脱离生活，写出来的文字要么格调不高，要么虚弱苍白。只有全身心地贴近时代，深入生活，才能站得高，望得远，写出有益于社会，有益于人民的散文，这样的散文可以称作有意义的好散文。

有深度。文学表现的深刻程度，是衡量文学作品高下的一个重要指标。散文创作是对生活的思考，对生活经验的浓缩，要体现出生活的哲理。散文追求深度，主要表现在三方面：一是思想的深度。作家，也应当是思想家，散文的思想深度，在于作家对社会、对事物本质的认识程度。因此，一要掌握科学的思想方法，二要深入把握社会现实，并将自己

的世界观、人生观、价值观，通过创作渗透到作品中。二是生活的深度。生活是散文创作的源泉，散文的深度在于作家深入生活的深度。虽然说处处有生活，但生活有深浅之别。工厂、矿山、农村、军营等火热的生活是深层次的生活；办公室、家室、公园等日常生活是比较平淡的生活。一般而言，反映深层次生活的作品往往较有深度。如散文大家秦牧的《土地》，文笔汪洋恣肆，古今中外，纵横捭阖，显示出不同寻常的厚重深刻。三是形式的深度。作品的形式当然不能和内容分割开，形式总是特定的内容的形式。这里所说的形式的深度，主要指通过某种特别的表达形式显示出作品的深邃意蕴来。如鲁迅《秋夜》的开头："在我的后园，可以看见墙外有两株树，一株是枣树，还有一株也是枣树。"这是一种给人深刻印象的有深度的表达形式。

（2010年6月26日）

为美好而歌

——读杨波的诗集

　　先后读了杨波两本诗集，一本是《李双成赞》，一本是《银川的歌》。读他的诗让我感到非常亲切，唤起了我心底的共鸣。因为他和我相识相交多年，是情趣相投的朋友；因为我们生活在同一个城市银川，有幸目睹了这座美好家园的发展巨变，见证了变迁中的万千世事人情。

　　读杨波的诗，不得不涉及他的身份。杨波长期在党政部门工作，担任着领导职务，官员是他的社会身份，整天置身于繁忙的公务之中。但他却始终不放弃对文学和书法的酷爱与追求。读他的文字与书法，让我看到了诗和书法如何让一个人的心灵变得异常美丽。我了解，他除了搞好本职工作，文学与书法是他最心仪的绿地，他常常徜徉于这片绿地，吸收新鲜空气，让心灵变得更清新更洁净，并在这片绿地上辛勤耕耘。于今，已然有了不菲的收获。

　　读杨波的诗，我读出了他的真情深爱。他的诗洋溢着对祖国，对人民，对故土的热爱之情。他在"写诗漫谈（11）"中说："感动出诗情。"这从他诗集的篇目和内容可以得到充分印证：第一辑"银川的歌"、第二辑"他乡情

意"、第三辑"家乡情浓"、第四辑"找点情趣"、第五辑"乡村情真"、第六辑"异国风情",等等,真乃"一枝一叶总关情"。进入他诗中的山川风物、人物事迹、生活细故,都倾注着满腔热情,寄寓着至深至爱。如《湖美凤城》一诗:"贺兰山下湖泊稠,爱伊河畔风摆柳。湖中苇深野雀闹,岸边水清蝌蚪游。"他爱家乡爱故土到了爱屋及乌的地步。著名诗人艾青在《我爱这土地》中写道:"为什么我的眼里常含泪水?因为我对这土地爱的深沉……"杨波就是一位深爱故土的作者,所以能写出大量真情真爱的诗句。

读杨波的诗,我读出了他的向上向阳。我们正处于一个伟大变革时期,总有真善美与假丑恶同在,阳光与阴影相伴,主潮与逆流相搏的时候。杨波亲身体悟了这个时代的变迁,他认定:前进的社会主流和人性的基本面始终是积极向上的,光明向阳的,假丑恶和阴暗龌龊的东西,始终是暗处的支流,是角落的杂音。他的《秋风》一诗,没有过多地渲染秋风扫落叶的悲凉、萧条,而是浓墨重笔写它积极向上的一面:"它将一年的繁杂/梳顺理清/来年的嫩芽儿/靠它铺陈/我渴望着渴望着/心中的秋风扫我胸腔的残叶/灵魂的尘/来吧激烈些吧/消我肿/瘦我身/把我心中的嫩芽儿/也来铺陈。"他以诗句为光明呐喊助威,为向上添力鼓劲,唤起人们积极奋进,对美好的倍加敬仰和珍惜。体现了他的乐观进取精神,显示出他的人格道德高度。

读杨波的诗,我读出了他的向善向美。他的诗是以真善美为主调的文学吟唱,他自觉地去发现生活中一朵朵美丽的浪花,颂扬一个个好人,一件件好事。叙事长诗《李双成赞》,以信天游形式,讴歌人民的好公仆李双成的高尚品格和感人事迹；《十二月里唱雄风》，歌颂兴泾镇兴盛村"村官"虎学仓的平凡与辉煌；《一个叫冯志远的老师》，赞美一位为教育事业鞠躬尽瘁、死而后已的普通教师的崇高精神。这些诗告诉大家：我们的社会是由先进者引领的和谐社会，是真善美为主、好人好事层出不穷的社会，应该大力宣扬和歌唱。因而，他的诗总是把美好的善良的真实地展现给人们。读杨波的诗总有一种美好的温暖的给力的感觉。所以，他和他的诗歌创作，值得我们关注，更值得我们敬重。

杨波的诗已经写得很不错，但尚有不足之处。比如有的地方似乎"放弃"得还不够。都知道，诗是精炼精致精美的语句，是以小见大，以少胜多的文本（叙事长诗例外）。把千言万语凝结于数行之中，虽短，却落地有声，含蓄，有余思。善于删繁就简，舍得割爱"放弃"，才会有精美的诗句。

愿杨波精心营造的这片绿地，更加郁郁葱葱。

（2012年5月10日）

读 稿 复 信

生义：

　　春节好！

　　读了你的《盛世惊心》，很高兴。第一次能写出这个水平，实属不易。看来你基本悟得了小说创作的"诀窍"：几个有意思的故事，一些有血有肉的人物，许多生动感人的情节与细节，加上自己独立独特的想法（思想），再用鲜活的个性化艺术化的语言把它们编织起来，这部小说大致就立住了。

　　《盛》是反腐题材作品，以改革开放时期山原县长滩乡塬上村治沙绿化、李家沟煤矿并购重组、招商引资等事件为载体，把官场、商场、情场、城市、农村，以及广阔的社会生活纳入其中，以干预官场现实生活的勇气和敢于直面种种矛盾的良知，揭示了健康力量和腐恶势力斗争的情景，大故事套小故事，波澜迭起，悬念丛生，具有较强的阅读诱惑力。故事总要落实在人物身上，再大再多的场面，最终还是要由人物来体现，因而各种人物应运而出：向玉春、王二爷、王守才、王二杆子、钱秃子、钱韦成、林建华、张松、白秋之、张晓晨、招弟、翠翠，等等。把主要人物置于矛盾之中，让各种不同人物在矛盾交结中显现他们的作为和性格，心理变化和精神状态。作品的语言朴实通畅，语言符合人物的身份，比较性格化。一些群众口语、俗语、民歌的融入，使小说具有浓郁的生活气息和地方特色。这些都是《盛》的亮点和成功之处，应予肯定。

显然，现在《盛》要发表或出版，尚欠火候，需要加工和打磨。

一是在"度"的把握上力求准确。创作反腐题材作品，不仅要敢于干预现实生活、勇于揭示矛盾冲突，还要注意把握好矛盾冲突的"度"。《盛》的正面力量写的弱了些，而腐恶势力过于强大，虽然最后以腐恶势力的失败而告终，但要不是中纪委介入，恐怕难以制服王二杆子等贪官。作品中的干部从村到乡到县，大多都有经济问题，给人"洪洞县里没好人"的感觉。

二是在细节运用上多下功夫。写小说不要忙着讲故事，要把功夫下在打捞细节和人们刻画上。《盛》的故事和情节不错，有些还挺抓人，但感人的细节不多。写小说故事易得，细节难求。小说的真实从来不是故事的真实，而是细节的真实。细节是很难虚构的，它只能从生活中来。因而你要在这上头多费心思多下功夫，这是衡量作家水平和作品质量的硬指标。

三是要耐着性子从容不迫地去写。十年磨一剑，慢工出细活。《盛》的节奏有点急，"闲"笔显少。都知道，小说是从说书来的，说书人往往很磨蹭，说着说着就停下来，要么就东拉西扯卖关子说闲话。写小说要学习说书人，不厌其烦地描写风景、描写人物、描写心里……正是这些磨蹭时间的描写（所谓闲笔），才使小说成为小说，才耐读耐品。

还有，《盛》的结构框架开阔，人物众多，摊子铺的很大，是一部长篇小说的架势，也具备长篇小说的材料，写成中篇是资源浪费，太可惜。建议你把它写成长篇。已经写出了8万多字，再写8万字就可以。路遥的《人生》15万多字，非常精彩。

小说究竟怎么写？我确实说不清楚。上面说的这些，都是老生常谈，人云亦云。个别是我的创作实践，但对你未必适用。你觉得哪些有用就参考，无用就当作耳旁风。

致笔健。

（2013年2月14日）

彰显一位历史人物

——序《儒将张俊》

　　学兄康秀林新著的历史人物传记《儒将张俊》，是一部凝结着他多年心血的力作。秀林用史传纪实文学的形式，再现了家乡环县一个小山沟出身的晚清儒将张俊轰轰烈烈的一生，彰显了一位值得记忆的历史人物，还原了尘封年久的被人们忘却的一段历史事实。读《儒将张俊》，就像读一位清史学者撰写的晚清军事史。这部著作所涉及的人物事件，所包含的史料内容，所铺排的章法构架，可用博大厚实来形容。

　　按照方志的写作要求，一位人物传记，一般是几百到一两千字，最多也不超过三千字。《儒将张俊》洋洋洒洒15万言，时间跨度200多年；人物众多，上至皇帝大臣，下至凡夫走卒，及家乡父老、妻子儿女；内容囊括了晚清军事政治经济等重要事件，可谓恢宏壮阔，风云变幻，错综复杂。读之，能够把读者引入特定的历史时期、历史人物和典型的历史事件的真实情景中，受到强烈感染，从而对那些重要事件与特殊人物有新的认识和理解，不止是张俊，还有光绪皇帝、慈禧、左宗棠、马化龙、董福祥、李双良、刘松山、刘

锦棠等。

秀林是一位对故乡责任感很强的学者作家，愿为家乡父老鞠躬尽瘁，蜡炬泪干。为写张俊，他不辞辛劳，抱病坚持数年。期间，博览方志史籍，走访知情人士，深入张俊故里，还自费远走北京、西安、银川、兰州等地，查阅档案，倾听民间人士讲述相关的传说故事，追溯张俊当年的足迹……收集到大量翔实有价值的史料。得到史料已经不易，从史料中跳出来，再进入文学构思更不易。这不仅要去粗取精，取伪存真，更要深思巧构，行文走笔。《儒将张俊》以章回小说与方志篇目相结合的方式结构，分为8章26节，每章前赋诗一首，既是提纲挈领，又是悬念设置，一下子把读者拉住，非读下去不可。

长期以来，张俊之所以无人去写，之所以被尘封，与其低调做人不张扬有关，与专业人士疏漏忽略有关，更与其人生的传奇性复杂性敏感性有关。他先是联回反清，后却降清剿回；他抗击英俄入侵，保卫领土完整；他愚忠效皇，赴汤蹈火；他仗义疏财，扶贫济困；他谦恭礼让，不争功邀宠……这样一位历史人物，在30年前，要写要研究，尤其要为他歌功颂德，树碑立传，具有极大的风险性与挑战性，一般人是不愿意碰触的，秀林则敢于挑战，知难而上，终于将《儒将张俊》彰显于世，功莫大焉。大画家李可染说过一句精彩的话："用最大的功力打进去，用最大的勇气打出来。"什么意思呢？在探索艺术的过程，在做学问的途中，打进去方知气象万千，打出来始觉豁然开朗。如画师所言，秀林的确是用力气打进去了，也以勇气打出来了。其勇于担当的精神，求真务实的学风，令人赞叹敬重。

张俊的故事还在流传，张俊的研究还会继续，其功过是非如何评说？褒贬有春秋，公道在人间。就《儒将张俊》而言，还有深化提升的空间，譬如史料可以再丰赡些，结构可以再巧妙些，语言可以再凝练些，人物可以再鲜活些……这是传记文学的高标准，也是读者的美好期待。

（2013年3月2日）

读《重访巴金的家》

读了一遍，回味了一阵，又读了一遍——《重访巴金的家》（2012.11.30《作家文择》转自《文汇报》）。之所以让我一读再读，不是它的摇曳多姿，文采斐然，也不是它的章法奇巧，意深情切，而是它真实简要地把学识渊博、敢讲真话的巴金介绍给人们。

文章说，巴金的家一上二楼，过道靠墙一面全是书架，摆满各国各种语文的书——巴金是英、俄、法、德、意文都通的，早年翻译这几种外文的书有近30本之多。巴金那一代作家，有很多是学者，在年轻时就已经打好外语基础，涉猎了古今中外的知识，可谓学贯中西。鲁迅、茅盾、郭沫若、叶圣陶、季羡林，等等，国学底子深厚，堪称国学大师；他们懂得外语，有的还懂好几种外语。他们既是作家，又是学者，作品累累，治学严谨。如叶圣陶曾在商务印书馆当过校对和编辑。商务出的书，不允许有错别字。想想，没有真功夫，敢当此任吗？巴金是中国文坛活过百岁的大家，满腹经纶，著作等身。一生创作和翻译了许多脍炙人口的大作名著，粉碎"四人帮"以后，创作了《随想录》5集，翻译了赫尔岑的回忆《往事与沉思》第一集……直到80岁，还计划再写5本《随想录》、一本回忆录、两本小说、翻译完《往事与沉思》……可惜因健康状况，他在医院里躺了6年，使他的创作和翻译计划未能全部完成。然而，巴金，也仅仅是巴金在他人生的终点上，创造了一道耀眼的新光亮。

一个作家，不仅要有扎实的生活基础，还要有深厚的学问功底。二者缺一就写不出有分量有质量的作品。茅盾说过："知识是底，小说是面上的事。"有"底"也未必能写出好的小说，何况我辈"底"很薄，怎能做好"面"上的事呢？

文章说，巴金强调作家要有勇气和责任心，不要紧跟，要有气节，不怕说真话。都知道，说真话是有风险的，是要掏心窝的。这不仅需要勇气，还要有良心。巴金就具备这样的品质。早在1962年5月9日上海文代会上，他的发言就敢讲真话："我有点害怕那些一手拿框框、一手捏棍子到处找毛病的人，固然我不会看见棍子就缩回头，但是棍子挨多了，脑筋会震坏的……他们人数虽少，可是他们声势浩大，寄稿制造舆论，他们到处发表意见，到处寄信，到处抓别人的辫子，给别人戴帽子。然后到处乱打棍子，把有些作者整得提心吊胆。"与会者从他的发言中立即想到了"大批判棍子"姚文元，又知道姚的后面是张春桥。这条线，巴金心里也清楚，所以他很勇敢地讲出来。"文革"中巴金"理所当然"地被棍子打惨了。然而他却不记"毛病"，"文革"后他依然坚持讲真话。他批评郭沫若写的剧本《蔡文姬》是"大汉族主义"；谈到他的老友曹禺，他说曹禺后来写的剧本不如以前，尤其是新作《王昭君》太"三突出"了（突出正面人物、突出英雄人物、突出主要英雄人物）。

巴金晚年一直呼吁"说真话"，5集《随想录》是他说真话的原始记录。他经常解剖自己，说我们这辈老作家，从茅盾起，后来都没有写出作品。一语道破了他那辈作家1949年后创作窒息的事实。他多次自觉地在公开场合检讨致歉，说"文革"中他也说过错话办过错事。在文学圈里，具备这种胸怀和勇气的人是很少的。

这篇短文值得一读再读，读后感觉就像给灵魂洗了一次澡。

（2012年11月28日）

这本书有读头

——读《枉凝眉》

整理书籍，发现妙谈红楼人物《枉凝眉》，忍不住又想翻看。这是2002年春，青年女作家张毅静赠给我她新出版的散文集。当初拿到书，匆匆浏览完前言，就撩起了阅读兴趣。说来奇怪，一本20多万字的书，我却读了两个多月。因为我陷入到书中的人物、故事、语言、妙论之中难以自拔。

《红楼梦》是一部有魔意的大著，一旦走进去就会着魔，不容易走出来。《枉凝眉》就像一位导游小姐，以非凡的手段把你带进那个虚幻魔魇的世界里漫游，让你跟着她见识解读，喜怒哀乐；但却不一味的沉迷"红楼"，在虚构世界里叹息，而是不断地把你又带回到现实生活中，跟着她体味人性的真切关怀和温暖，观察世态百相的真善美和假丑恶。作者笔下的几十个人物，既是"红楼"的，也是现实的，他们的形象、命运、故事等是那样的真实鲜活，他们与现实生活有许多惊人的相似与关联。该如何准确深刻解读这部煌煌大著？众说纷纭，鲁迅先生曾有精辟论述："经学家看见《易》，道学家看见淫，才子看见缠绵，革命家看见排满，流言家看见宫闱秘事。"的确，《红楼梦》像个多义

词，任尔品读体味。

《红楼梦》博大精深，只有认真反复研读，才能走进其中，多有收获。张毅静五六岁就夜夜听爸爸讲"红楼"故事；14岁生日，姐姐送她《红楼梦》作礼物，她一口气通读下来；之后便与"红楼"为伴，经常读，时时想，天长日久烂熟于心，信笔写来。从她醇厚的古典文学功力，灵动的文笔，活泼的语言，还有那些率性调侃和插科打诨的文字，我们可以品出浓郁的"红楼"遗风韵味，让人赏爱有加。看她是如何调侃批评高鹗的："贾母，是古今中外文学史上最丰满的老妇人形象，贾母是天底下最好的姥姥，看看高鹗把她糟蹋成了什么样？逼死黛玉，骗婚宝玉，成为万恶的封建家长"狼外婆"……这些情节我不能看，一看就气得要找高鹗理论：你到底有没有看过曹雪芹的文字？有你这么不管不顾胡乱编排的吗？""昔日黛玉焚稿，今天我要烧书——烧掉高鹗瞎胡写的那部分书，我要为'狼外婆'正名。"

我惊叹张毅静有学者的客观和缜密，同时具备作家的灵动与悲悯；我赞赏她的读书创作个性，不拘泥于"红楼"学者专家的权威定论，敢发"草根"异言，"拥有自己的一米阳光……"仅举几例，看她是怎样分析评论"红楼"人物的。她说探春"举止大方，胸襟阔朗，没有迎春的懦弱，也没有惜春的孤僻，不像黛玉那么尖刻，也没有宝钗的圆滑。她大气，有些男子性格，却又不像湘云那么名士风流，大说大笑爱说爱闹。"真是一石六鸟，金陵十二钗，一下击中了六个钗的性格要害。她说贾琏是"《红楼梦》里最可爱的一个成年男人了，鸳鸯看上他，一点都没有走眼。贾琏这个人特别讨女人喜欢，一则他肯定是相貌堂堂谈吐不凡，二则他性情温和，对人宽厚。她对尤二姐的过去既往不咎，说：
'谁能无过，改了就好'；他为石呆子鸣不平，骂贾雨村
'为了这么两把破扇子，把人弄得坑家败业的'，这是做人
有良知；他帮不愿嫁给凤姐心腹之子的彩云说话，这是做事
有原则。至于千里护送黛玉奔丧，时不时要去平安州公干等
等，都说明这个人虽然在情欲上有些滥，但也不是没底线、
没本事、没章法的。贾府里似乎是有一片男人，可那些男人
包括贾宝玉在内都是些银样镴枪头，屁都干不来，有的没的
只剩个他了。"对黛玉与宝钗的性格思想分析，她师承王昆
仑老先生，深刻而见解独到："宝钗在做人，黛玉在作诗；
宝钗在解决婚姻问题，而黛玉在进行恋爱；宝钗把握着现
实，黛玉沉醉于情意；宝钗有计划地适应社会法则，黛玉任
自然地表现自己的灵性；宝钗代表当时一般家庭妇女的理
智，黛玉代表当时闺阁中知识分子的感情；于是环境容纳了
迎合时代的宝钗，黛玉只能死掉。"对宝玉的分析批评标新
立异："宝玉出家，哪里是因为他看破了红尘，他是没有在
社会上混的能力"，"他是个彻头彻尾的失败者"。"宝玉
没有对任何人负过责任，包括对他自己"。"他玩了一个漂
亮的隐身——走了"。"家不要了，父母不要了，老婆不要
了，孩子也不要了……你们是死是活跟我都没关系了……走
吧，这样没用的男人，走了也罢"。说到贾环，她一针见
血："贾环是个不折不扣的坏小子。"因为他从小生活在尴
尬的夹缝里，嫉妒的氛围中，"他的人生打从头开始就已经
是畸形的了……所以他阴鸷，他下作，所以他以为只要没有
宝玉存在，荣国府乃至整个世界将来都是他的"。"他这种
被扭曲的苗子，就算长大，也成不了真正的栋梁"。宝玉终

于消失了，他高兴得抽搐起来。然而"他发现即使这个世界上没有了宝玉，他依然变不成天鹅，这辈子他只能是一只蟾蜍"。

鲁迅先生说过，自从《红楼梦》出来，打破了以往的写法，不是红脸白脸，好就都好，坏就都坏……张毅静深谙此道，评价"红楼"人物，打破以往非黑即白，非好即坏的思维方式。她说："人性是复杂的，生活是多元的，情感是因时因事流动的。"因而她的观念是多元的开放的，她的方法是客观的辩证的。如她对凤姐的分析评价："王熙凤是《红楼梦》中最光彩照人的一个形象"，"说凤姐，骂凤姐，凤姐不在想凤姐"。"凤姐一出口，八面玲珑，喜笑怒骂，那份与生俱来的聪敏，真是如诸葛、赛曹操"。凤姐一出手，"不仅威慑了宁府，更是令全族上下都无不称叹"。"凤姐一上阵，什么穆桂英花木兰统统都不是个儿"。然而，她的才能英气和她的阴险毒辣像水和面揉在了一起，她"嘴甜心苦，两面三刀，上头一脸笑，脚下使绊子，明是一盆火，暗是一把刀"。"她是那么的爱钱，那么的迷恋钱，可是她也爱儿女、爱这个家，她夙兴夜寐地操心管事，如果世上有个不散的宴席，她真心诚意地愿意一辈子站在那儿拿着筷子给众人布菜……可同时她又在胆大妄为中成为贾府的一个掘墓人"。"治世之能臣，乱世之奸雄"这么样的一个"女曹操"，"你说她好么？你觉得她坏么？你喜欢她么？还是你讨厌她？……我希望有凤姐姐这么样的一个精灵永远地活在这世上"。

《枉凝眉》一口气分析褒贬了几十个人物，各有让人耳目一新之特色。限于篇幅，恕不一一列举。综览全文，若是笔墨再简省一些，情绪再控制一些，会更精致好看。

　　《红楼梦》不止是一部言情小说，更是一部文化小说和历史小说，不同读者的不同文化素养与历史学识决定着对此书的欣赏高低与理解深浅。张毅静自如潇洒，尽心尽情地写出了别具特色的《杠凝眉》，敢于突破"色空观念"的藩篱，理直气壮为曹雪芹"大旨谈情"的真谛发声，实属难能可贵。张毅静诚如红学大师周汝昌诗曰："百读红楼百动心，每从细笔惊心悟。"如此读书做学问的精神应当提倡。

（2013年3月16日）

名副其实的大师

——读《李叔同说佛》

今天，再翻阅《李叔同说佛》，又有新的感悟与收获。

李叔同是一位传奇人物，精通古诗曲词，书画篆刻，还把西方的合唱引入中国……堪称艺术大师。"长亭外，古道边，芳草碧连天。晚风佛柳笛声残，夕阳山外山……"从这首脍炙人口的歌词，可以领略他非凡才华的一面。谁能想到，他却从翩翩才子风光八面的文化名流突然避离尘世，皈依佛门。从此，与往昔的风花雪月一刀两断，潜心修行；从此，李叔同逝去，弘一法师诞生。他在佛的世界里从容漫游，苦心孤诣，将其学佛心德整理、修订为"说佛"书稿，向人们解说揭示佛门的真谛，为世人指出修身养性之路。真乃佛学大师。

李叔同的"佛法十疑略释"，高屋建瓴言简意赅地道出了佛理佛法的要旨，阐释了人们对佛法的一些疑问与误解。在此列举要目，以便登堂入室："佛法非迷信；佛法非宗教；佛法非哲学；佛法非违背于科学；佛法非厌世；佛法非不宜于国家之兴盛；佛法非能灭种；佛法非废弃慈善事业；佛法非是分利；佛法非说空以灭人性。"每目皆作深入浅出说明。读罢"十释",如醍醐灌顶,似乎领悟到佛法就是修身养性之道,就是大慈大悲大爱,就是高境界文化……

一直以来,人们对李叔同从文化名流到弘一法师,称奇而疑惑不解。近读他的学生丰子恺"李叔同出家是必然"的说辞,觉得言之有理。丰子恺说,他(李叔同)由艺术升华到宗教,是爬上了人生的"第三层楼"。丰子恺认为,人的生活分为三层:一是物质生活,二是精神生活,三是灵魂生活。物质生活就是衣食。精神生活就是学术文艺。灵魂生活就是宗教。人生就面对这样一个三层楼:多数人有吃有穿,家庭和睦,事业有成,日子过得幸福,就满足于住一楼;有相当一部分人喜欢做学问、搞研究、舞文弄墨、书画琴棋,追求精神满足,就爬上了二楼;有少数人"人生欲"很强,物质欲、精神欲都满足了还不够,想探求人生的究竟,他们认为,子孙钱财名利都是身外之物,学术文艺乃暂时的美景,连自身都是虚幻的存在。所以他们要追究灵魂的来源,宇宙的根本,就爬上了三楼。这就是宗教徒。李叔同就是这样一层一层爬上三楼的。

人需要信仰,没有信仰,就会像沙漠里的蓬蒿,随时可能被大风刮到时空里,不见踪影。李叔同是真正有信仰的人。我终于理解了他遁入空门的缘由,非常敬佩他对信仰的执著虔诚,他追求人生高境界的精神。

(2013年4月3日)

平凡创造精彩

——序《往事慢忆》

　　为人作书序写书评是一件不轻松的事，一般我不会轻易答应。但我却很高兴为张万寿的新著《往事慢忆》写点文字。因为我和万寿是好同事好朋友好兄弟，相识相交快50年，知根知底，心心相印。有叙不尽的友情，说不完的故事和他在平凡中创造出的许多不平凡的精彩。

　　上世纪60年代，我俩都是生产大队文书，1971年一块儿被吸收为国家干部，同在大水坑镇（人民公社）工作。万寿好读书爱学习，从小学到高中，一直都是品学兼优名列前茅的好学生。校长夸赞他"学习成绩出类拔萃，在班内鹤立鸡群"；教导主任评价他"有天赋，今后是专家教授的料"。参加工作后他学习兴趣更浓，那时候可读的书多是马列选集和毛著等政治书籍，他认真研读，打下了扎实的马列主义理论功底。因此他除了任公社政治干事，还是机关干部理论学习辅导员。见到文学作品和经典名著，更是爱不释手，如饥似渴地阅读，还做了不少笔记。他的记忆力惊人，博学强记，读过的书，经过的人和事，总是铭记于心。譬如，文天祥的《正气歌》，范仲淹的《岳阳楼记》，《红楼梦》中的

"好了歌"，《钢铁是怎样炼成的》中"人的一生应当这样度过：当回忆往事的时候，他不会因为虚度年华而悔恨，也不会因为碌碌无为而羞愧……"等精彩的句子和篇章，脱口背诵出来，一字不差。又譬如，2008年他发表的《难忘的西藏之行》、《怀念韶华同志》两篇散文。前一篇是他1987年7月去拉萨参加全国五个少数民族自治区办公厅联席会议的回忆，时隔21年；后一篇是他1996年10月接待韶华、毛新宇母子访问宁夏的回忆，时隔12年。时过境迁这么多年，一般人早淡忘了，模糊了，他却记的非常清楚，作了生动而翔实的描写，仿佛发生在昨天。再譬如，业余时间与同事下象棋，他背过身，不看棋盘不动手，请人为他代劳。对方出动哪个棋子，代劳者及时报告，他马上指挥代劳者出动某个棋子迎战……片刻，车马炮卒突破楚河汉界，布阵错综复杂，一般人瞪大双眼也顾此失彼。他却了然于胸，知己知彼，攻守自若，常常赢了对方。大伙都惊叹他的记忆，戏说"万寿是化学脑子"。

万寿文章写的好，钢笔字很漂亮，是公认的笔杆子。公社大小会议，多由他做记录；工作总结、单行材料、通讯、简报等，多由他起草；刻蜡纸钢板的任务几乎是他一人承担，就连公社其他机关单位的重要材料，也请他刻写。他总是有求必应，毫不推辞。他工作能力强，认真负责，领导经常把重要工作交给他。如，大水坑公社在"五反"补课、"四清"运动中有许多冤假错案，要调查核实，纠正平反。这项工作政策性强，情况复杂任务重。那年月搞平反要冒很大政治风险，一般人不愿意承担。但为了他人的命运，万寿在所不辞，欣然接受任务。他跑遍全社各大队和部分生产

队，调查走访了上百人，取得了有力证据。最终为6人恢复了工作，为10人摘了"地富反坏"帽子。他们感激地对万寿说，共产党的经是好经，叫歪嘴子和尚念错了。今天我们遇上了好干部，甄别平反了。

上级领导看中了万寿的人品和才干，1974年10月将他调到县委，先在政治处工作，一年后到县委办公室任秘书。起初，县委县政府是一个办公室，秘书就他一个人。文件的起草、印制、收发、传达都得他办理，工作量之大可想而知，但他从不叫苦叫累。粉碎"四人帮"后全国搞揭批查，清理帮派体系，县委领导是主要对象。因受极"左"路线影响，无限上纲，小题大做，搞得风声鹤唳，人人自危。县委书记张敏文化程度低，个人写检查有困难，求万寿帮他写。在这特殊时刻，为了划清界限，有的人明哲保身，避而远之；有的人装聋卖哑，撇清关系；有的人反戈一击，火线立功；个别人甚至落井下石，冤枉无辜。万寿却不怕引火烧身，答应了老书记的要求，加班加点写出了一份高质量检查材料帮其过了关。万寿的为人为文，老书记感慨感动，干部群众交口称赞。

1983年5月，区党委要求市、县推荐县处级后备干部到区党校学习培训两年。盐池县委推荐万寿等3名干部前往。入校学员须参加全国统一高考，4门课目，万寿考了280分，在全区800名报考学员中名列第一。他万般珍惜这次学习机会，刻苦用功，表现出色。两年期满结业，14门课程为全班唯一的门门优秀者，被党校评为"优秀学员班干部"。学员毕业本该回原单位，万寿却被区党校、区纪检委、区党委办公厅3家看中商调，最终调入党委办公厅二处任秘书。

　　二处秘书的主要任务是调查研究、起草党委的重要文件、报告和党委领导特别是第一书记的讲话、编发《党办通讯》、《调研动态》，还要随时完成领导交办的其他事情。想想，没有两下子的人能担当此重任吗？万寿很快进入角色，投身紧张而有序的工作中。这里的每项任务要求高、程序多、时限严。为保质保量按时完成任务，他经常加班加点，有时通宵达旦。一份大型报告或重要讲话稿，从讨论草拟提纲到形成初稿，领导审阅修改到审定排印，数易其稿，甚至推倒重来，一般需要20天左右。日复一日，年复一年，不分春夏秋冬，没有淡季旺季，工作始终处于紧张忙碌和超负荷状态。然而他却毫无懈怠，尽职尽责，充满活力。他一干就是13年，由秘书到副处、正处、副厅，职务升了，但谦虚谨慎、勤奋工作的品行未变。有人觉得公务员群体是一帮"一杯茶，一支烟，一张报纸看半天"的不学无术之人，这是一种误解，也是偏见。无能无为混日子者有之，但毕竟是极少数。公务员很多是有才华有水平有作为的，万寿便是其中之一。

　　万寿是农家之弟，从山沟到乡镇到县城再到省城，一步一个脚印，一个台阶一个台阶前行。没有任何靠山和背景，全凭自己的人品文品和刻苦努力。1998年6月调任宁夏社科院党组书记，正儿八经的厅级领导。一般人到了这个位置，觉得功成名就了，很容易满足现状，得过且过。他却不甘平庸，想多干事干好事，一如既往地忙碌辛苦。经过调查研究，掌握了院里存在的突出问题，提出了工作思路。接下来，四处奔波，解决落实。争取将原区纪委办公楼划归社科院；区财政一次性配置电脑50台；区财政批准购买住房

15套，解决了职工住房困难；更新了通勤客车，并新配两辆小轿车；新建出租房1000平方米，用出租金为职工免费提供早午餐，等等。他带头参加社会科学研究，解决热点难点问题，先后主持编写出版了《宁夏新世纪》、《走进宁夏》、《纵横反腐倡廉》、《闽宁对口帮扶的理论与实践》、《开发西部，发展宁夏》等专著；主持创办了《宁夏蓝皮书》、《宁夏年鉴》；主持启动了大型文化建设工程《宁夏通志》（25卷，2000万字）。2000年开展领导班子"三讲"教育，全院职工在万寿《征求意见表》中填写了56条"意见"，全是肯定与赞赏，这是群众最真实的评价，没一点水分。

　　2005年10月，万寿退休了。但他退而未休，继续发挥余热。与庞富贵、范应春、赵继泽等老同事和范宗兴等热心者，协调组织成立了"盐池县革命老区发展促进会"，2008年8月，又成立了"宁夏山区发展促进会"。大家选他为"两会"会长，范应春、赵继泽为常务副会长。一般人眼里，这类无编制无报酬"三不管"的群团组织，干多干少无所谓。但他与两位副会长却把"闲"差当重任，老当益壮，马不停蹄地奔波，在"促"字上做文章，在"进"字上下功夫，为老区和山区困难群众送医送药，捐款捐物，济困解忧，帮教助学，奖励孝星，引进项目，等等。风雨兼程一路情，爱心善举送春风，5年尽心竭力，赢得社会各界一片赞誉。盐池老促会被评为全国先进单位，2010年11月27日，万寿走进庄严的人民大会堂，在喜庆的音乐声中走上领奖台。

　　读书与写作，是万寿一生的酷爱。我常想，假如他不从政而专心舞文弄墨，凭他的悟性、文字功力和勤奋执著，很可能成为一个成功的作家。现在他把多年的创作成果集结为综合文集《往事慢忆》，付梓行世，很有意义。这是他人生经历的记录，立德立言的写照，辛劳智慧的结晶。

《往事慢忆》文本厚实，内容丰富。这本沉甸甸的厚书，捧在手里有喜获丰收的成就感。该书收录了他的散文随笔、政论文、通讯、调研报告、序跋、讲话，以及同事亲友的相关文章，大小长短近百篇，50万言，可谓洋洋大观。党政部门一般文秘人员退休后，不无感慨，说辛辛苦苦干了一辈子，都是为他人做嫁衣，到头来自己两手空空。万寿何以有如此不菲的收获？除了兴趣爱好，勤于动笔，主要是他关心党的事业，关心民族命运，有社会责任感和使命感，他追求做人的价值和道德情操的崇高。

《往事慢忆》语言凝练，文字干净。综览全书，全是"干货"，即话语不带汤汤水水，结构不玩花拳绣腿，抒情没有矫揉造作，行文走笔遣词造句如他的为人处世那样，一是一，二是二，真诚质朴，简洁准确。职业的原因，我读书看报由不住挑拣错别字词句。可是读万寿的文稿，很少能找出毛病，想加一句或减一句几乎不可能。反映了一位党政部门老文秘人员、一位党政领导干部谨言慎行的作风和简约准确的文风。如，收入的20多篇政论文，最长的3000多字，多为千字文，《治党治国的光辉文献》仅600字。篇幅短小，言简意赅，没有高蹈务虚的空话，结合实际，有理有据，旗帜鲜明地宣示自己的立场观点。

《往事慢忆》净化心灵，引人向上。中国传统文化将"道德文章"并提，而且把"道德"置于"文章"之前，可见道德的重要。这句话的意思是强调写文章的人，灵魂与人格尽量高尚。万寿为人为文有这种自觉。他的文章继承中国

文学"文以载道"的传统，希望通过自己的作品，传递正确的价值观，给人一种正能量，引导人们积极向上，有所作为。他的部分政论文和序跋就有这种品质。如，在"侯氏家谱"序中，以"立业尊祖训，耕读传家风"之名句告诫勉励后代子孙，不忘好传统，笃学尽孝道。

《往事慢忆》关注民生，为事而作。万寿有深厚的故土情结和亲民作风，从政多年，经常下基层，接地气，访民情，听民声。始终与党同心同德、同向同行，始终与人民群众联系密切，感情深厚。他的许多政论文、通讯、调研报告，就是自觉站在党和人民的立场上想问题、提建议，出谋划策。如，《研究现实 服务社会 促进繁荣》、《大力发展栈羊 提高经济效益》、《主动靠近市场 充分利用市场 积极开拓市场》等，直面现实，直陈己见。这种为党分忧，为民鼓呼的精神，是有良知有责任的体现，是"铁肩担道义，妙手著文章"高尚情怀的践行。

万寿这一生，辛劳而充实，平凡而精彩，没有虚度年华，无愧天地鬼神。《往事慢忆》的问世，彰显了他的人格，安慰了他的夙愿。老子曰："功遂身退，天之道也。"万寿已经功成名就，该颐养天年，安度晚年了。夕阳无限好，为霞尚满天，岁月不老快乐人。希望万寿今后勿辛劳，多休息，勿紧迫，多轻松，尽情享受天伦之乐。我们的生活充满阳光，美好的日月还很长远。

（2013年5月26日）

担当意识　博爱情怀

2002年我从一张报纸上读到杨华东的《想起龙凤云》，眼睛一亮。那是一篇散发着泥土芳香的好散文，至今记忆犹新。10年过去了，再没读到他的作品，我以为他工作忙，放弃了创作。他是灵武市一个部门的负责干部，有干不完的公务，忙不了的杂事。熟料，今天他居然送来3部书稿——散文集《心静如水》、诗歌集《心静如画》和他的人生格言《穆郎心语》，请我审读。我非常高兴，欣然接受。读了一个多月，感觉很过瘾。他的作品亮点多多，颇有特色。

文学是一种创造，是一种担当。创造以为着不懈的努力与追求，担当以为着责任与使命。这两点，华东都具备。他把自己的眼光和笔触深入到民间，深入到社会底层，使自己的作品所表现的内容与广大人群的生存和命运息息相关。许多人去海子井是为了野游寻乐趣，"吃一顿原汁原味的沙蒿煮羊肉、黄米干饭和荞面搅团"。华东去海子井却耳闻目睹到祖祖辈辈生活在这个贫困山村人们日子的苦焦与煎熬："干旱少雨，草原荒芜，羊只饲草奇缺……古寺、老井、大榆树是海子井的三件宝。"途中，遇上一位左腿截肢的挖甘草女人，一番攀谈，顿生怜悯之情，"从衣兜里掏出一张一百元票子递过去……"回归的路上，他一次次回头张望，

心头隐隐作痛。文章结尾，他深情而负责地写道："我记录了这次山行的见闻，想急切地向市里反映这里干旱少雨，缺少口粮，羊只缺草、缺料、缺水等一系列问题，以期能为他们做点什么"，"我的心被强烈的震撼了，我真切地感到自己心灵潮汐的汹涌与呼吸的沉重"，"我决心做一名如他们所言的'栓正乡官'。"他是负责文化体育工作的，按说农林水牧于他无关，但良知和责任使他心里纠结，便自觉地为政府操心，为百姓立命。

　　华东热爱他的故乡，对故乡的人文地理，风俗民情，百姓疾苦特别熟悉特别关注，写起来激情充沛，得心应手。他的作品，字里行间流淌着乡土情结，充满对"草根"民众的关心、对亲人的关爱。《感受心酸》记述一个阴雨天，一对老年夫妇走进办公室，作者热情让座，并与两位老人聊天。他认为这是"送上门的民情"，认真地倾听老人诉说昔日受苦受穷受难的经历……听着听着，"脑际里满是父辈们起早贪黑受苦受罪的影子"：烧窑背砖的父亲，身怀六甲割麦子的母亲……"正是这些人养育了我们这一代人，我们有什么理由不让他们幸福地生活，尽享儿女的孝道呢"？"正是他们用青春和汗水改造了那个年代，才有了我们今天的幸福生活。他们有理由充分享受太平盛世的美好和这个时代的祥和"。体现了作者"老吾老以及人之老"的尊老亲民情愫。《卖菠萝的女人》是作者在水果摊上与卖菠萝女人谈话交流了解民情的真实记录。一天，他冒雨到冷清的街上来到一个买菠萝女人面前。一问一答，挑好菠萝，过了称，说好了价，女人开始削皮。"我问她：'哪个乡的，下雨还不收摊回家'？'家里生活是不是很紧张'？女人头也顾不上抬，边削皮边说，紧张也没办法，柴米油盐，吃喝拉撒，娃娃上学，老人看病……只好凑合着过。""我在她削皮的时候，已经注意到了车子上放着一碗还没吃完的饭"。说话间菠萝削好了，女人用塑料袋装好，递过来说："六块二，给六块。""一个女人下雨天摆水果摊，容易吗？我没多想，便递过去十元钱，说，算了，不用找了，下雨天，快收摊吧"。"回家的路上，我在想：啥时候大家都能够安居乐业，不再为生计而发愁？"回到家，"窗外，大雨如注，我在惦记那个卖菠萝的女人是不是回家去了？"只有心里想着百姓，才会对他人同情关怀，传递人间珍贵的温暖。多付几元钱，看起来微不足道，但却不是人人都能做到的。

尊老爱幼，尽孝教子，是中华民族的传统美德。《感念父母的高尚》、《爹不想走》、《有一种爱是无价的》、《写给孩子的信》等篇章，就是华东继承和践行这种传统美德的生动写照。第一篇写他看了一条2004年2月18日，昆明开往泸州的客车被货车撞翻造成15人死亡19人受伤的消息，和一张受伤母亲紧紧搂抱孩子的照片后的感想。他写道："那位妇女叫张红梅，一年前丈夫外出打工不慎摔死，家里留下三个未成年孩子……此次车祸她又身负重伤"。"那位母亲在车祸来临的一刹那，紧抱着她的孩子，因此，孩子的伤势较轻"。"这一幕深深地印刻在我的心中"，"也因这件事而思索了很多很多"："父母恩重如山，情义无价，做儿女的当铭刻在心，知恩图报。很多的时候我们做儿女的并没有从真正意义上理解父母对子女的呵护和抚爱……"并以歉疚、忏悔的心情袒露自己小时候对父母的不理解不孝顺。他深情地告诫天下儿女：念父母养育之恩，尽儿女赡养之责。从第二篇文章看出，华东是个孝子。"爹不行了，就等咽气

了，稍稍清醒的时候给娃们交代了三件事：一是兄弟姐妹要团结，和睦比金子贵重；二是爹年轻时和朋友做买卖挣的钱自个花了，后来朋友死了，这事谁也不知道。账不还清，爹过不到桥那边（阴间）；三是老伴跟我过了一辈子，吃尽了苦受尽了罪，我走了，撇下老伴放心不下"。华东认为"爹临终前的安顿就是爹最后的命令。哥儿几个商量了一阵，当着爹的面紧握手，表示一定搞好团结；当着妈的面给爹拍了胸膛，表示孝敬老妈让她安度晚年；顺着爹说的方向去找到那个朋友的后人还了钱"。办完这些事爹还是不咽气。妈说，他惦记还钱的事，要当面问人家要"口唤"呢。儿子们按妈说的请来了朋友的后人。不错，那人一进门，爹就走了。看到这里，我们为华东的孝心动容。后两篇是他和妻子关爱儿子的记述："娃高考中榜，给家里增添了很多喜庆……那张高考录取通知书十分精美，十分珍贵，大家争相一睹，眼角藏着泪花，脸上泛着喜悦"。接下来，夫妻俩带着孩子去超市为儿子买东西。一双球鞋花了398元，往日精打细算过日子的妻子，今天出手挺大方。"谁人不爱自己的娃呢？"母爱更深。华东对儿子的爱是清醒的，爱而不溺，宽中有严。他认为"严是爱，宽是害"；他尊崇"养不教，父之过"的古训；他以交朋友的方式，与儿子谈心交流，把父爱点点滴滴渗进儿子的心田。他给儿子写了许多信，还有诗，多方指教鼓励。在给儿子入学后的第一封信中写道："爸常想自己走过的路，处处充满艰辛和坎坷，但挫折面前矢志不移，且越挫越奋……你要百倍地珍惜青春岁月，抓住千载难逢的良机，扎扎实实地学习，去编织自己的美好未来。"奶奶去世后他给儿子的信中说，奶奶走了，留给我们不尽的思念。"我还是那句话，化悲痛为力量，以对她老人家的怀念作为奋斗的力量源泉，努力学习，勤奋工作，使自己成为对国家有用的合格人才，告慰奶奶。"在"示儿"系列诗中有这样温馨的句子："成绩面前不睡觉，再接再厉很重要"。"大红枣儿甜又香，吾儿在外不能尝。只要刻苦勤学习，人生处处皆甜蜜"。华东的两个儿子都很优秀，是他教子有方的见证。华东确是一位有爱心有孝心有责任的好儿子好丈夫好父亲。

文学描绘世界，哲学解释世界，哲学虽然晚于文学，却决定着文学的形式和内容。华东的不少散文、随笔，微言大义，蕴含哲理意味。《说忍让》、《由"美人绝缨"说开去》等短章，引经据典，联系现实，告诉人们如何更好地为人处事。《由掉两颗牙说起》、《由小马扎说起》、《心静如水》等，取材庸常琐碎，却揭示生活大道理。他的《穆郎心语》堪称文学、哲学、语言的集锦，分为人生、道德、励志、教育、哲理、从政等6篇。语句短小，意味盎然。华东常年"泡"在基层，善于从平凡的人和事情中捕捉素材，特别善于"从活人的嘴上，采取有生命的词汇，搬到纸上来"（鲁迅语）。如，"站着一个位置，不必去计较其多高多低"。"心中有爱，胸如大海"。"孝敬老人等不得"。"阴雨天气之后必定会阳光灿烂"。"春风得意时当警醒自己，身处逆境时要从容大度"。"狗能咬你，你不能咬狗"。等等等等。"心语"是有生命的语言，也是他思想和智慧的火花。

华东是个有担当意识，博爱情怀，执著创作，勇于探索的文学爱好者，这是他走向成功的动力。就这样坚持下去，必然会收获更多的硕果。

（2013年5月29日）

《烟火人家》后记

　　去年回了一趟老家，时隔二十多年，家乡在社会的变迁中变得面貌全非，我感到很陌生，不止是人，更多的是生活形态，是人们的思想观念。家乡对我也十分陌生，我走进村子，呼啦迎上来一伙小娃，瞪着惊奇的眼光看我，嘀嘀咕咕说："哪达来的这老伯？是谁家的亲戚？"我继续朝村里走，娃娃们就跟在身后看稀罕。此刻，我深切地体会到了"少小离家老大回，乡音无改鬓毛衰。儿童相见不相识，笑问客从何处来"的滋味。

　　待了一段时间，家乡接纳了我，我也很快走进他们中间，走进他们的生活。这毕竟是生我养我的地方，乡亲们不拿我当外人。于是就产生了想写一部反映家乡变化和乡亲们生活状态的小说（以前虽然写过两部反映他们生活的长篇，但那都是写上个世纪几十年前的人和事，随着时间的推移，已经淡远了，模糊了），让外面世界知道现在的他们和他们的现在。可是一旦动笔问题就来了：几十户人家，一百多口人丁，每天每时都在演绎故事制造传说，但却没有一件事情是惊天动地的，全是油盐柴米，烦烦琐琐，婆婆妈妈，扯不断理还乱的家长里短，人物普普通通，语言土里土气，窑洞房子也还是那样简陋。如何在平淡的生活表象下，在无奇的故事中，表现他们的生存方式和精神风貌，是摆在我面前的严峻课题。说实话，让我编几个离奇的故事，写几个大起大落的人物，并非很困难，如今要在没有故事的地方掘出故事，把普通人平常事写成小说展示给世人，让读者读后感到是在读生活，读人情世态，还真是件不容易的事呢。

踌躇再三，便将书名定为《烟火人家》（也可以叫"远离城市的村庄"），并向自己提出要求：不搞所谓主线副线式的推进，不用冲击式的情节叙说，也不以大而完整的故事布局结构，更不塑造"高大全"式的人物，而是取材王原畔村的十几户庸常人家，聚焦一群平凡而普通的农民，在原生态的基础上，按照生活的本来面目，"细针密线"地描写来实现我的意图。

以传统的观点，不揭露矛盾或不塑造在矛盾冲突中的人物形象，不编织生动抓人扬善抑恶的通俗故事，便不算是正儿八经的小说创作。我却有意不那样去写，我觉得那种写作方式并不能很好地反映他们真实而平凡的生活，更不能保留生活的原汁原味和血肉气息，所以我选择了尊重生活，贴近现实，本色地去写，力求像生活本身那样。并且尽力把他们的喜怒哀乐，大苦大累，奋斗追求和聪明智慧，勤劳纯朴，谦恭礼让，以及狡黠欺诈，奸猾懒惰，愚昧固执等同时固定在纸上。就这样写出了一部似乎不像是小说的小说。像不像小说，交给家乡父老和广大读者去评说吧。

（2007年5月30日）

方 家 留 言

高耀山小说的后震撼力

——《烟火人家》序

朱昌平

这位精神矍铄，永远不知道疲倦的老先生，又给我们带来了喜悦。

自从与文学沾上边，高耀山先生就把生命和灵魂交给了文学。继出版散文集《沙光山影》、《黄土绿叶》、《热爱大地》、《真诚的记录》、长篇小说《风尘岁月》、《激荡岁月》、文论集《与文学有关》之后，长篇小说《烟火人家》又将付梓。

高先生是文坛常青树。

高先生曾戏说自己："虽然年年生长枝叶，也开花结果，但是单薄柔弱得可怜，枝不壮叶不繁花不艳果不硕，招引不来蜂儿蝶儿的亲热爱恋。"这显然是德高望重的老作家的自谦。

他出道的时候，文学的神圣影响力远远超过当下。以张贤亮为旗帜，高先生和高嵩、肖川、戈悟觉、张武、吴淮生、罗飞等老一代作家如鱼得水，用喷发的激情、深刻的见地、不懈的努力，使宁夏的文学创作在20世纪80年代形成

喜人的气候。世事沧桑，风景殊异。经济的发展，物质的繁荣，利益的多元，观念的变化，思想的芜杂，媒体的更新，追求的多样，影响着人们对文学的关注程度。作家们或倾向世俗，或坚守纯洁；各怀心事，自由选择。许多作家激情衰减，丧失信心，迷失自我，淡出创作，使文学追求成为曾经的记忆。当一些人为文学的前途忧虑或者干脆选择放弃的时候，高先生始终不为所动，"只埋头拉车，不抬头看路"。当宁夏的第二个文学创作高峰到来的时候，当"三棵树"、"新三棵树"变成参天大树的时候，当文学新秀变成一片树林的时候，当宁夏文学被媒体和文学界意味深长地称为"文学宁夏"的时候，当许多晚辈在圈子里耳熟能详、声名大震的时候，在宁夏的作家中，人们还欣喜地看到，被人们称为"高老头"的前辈作家高耀山先生，依然根植黄土，枝繁叶茂。他干瘦而硬朗的身体像胡杨的躯干，为了文学理想把脖子挺拔成一根筋，炯炯的目光里透出的如沙漠胡杨那千年不倒的精气神。

高先生曾经自嘲："我除了写一点东西，还能干啥？"这话和《亮剑》中李云龙说的话差不多。那位个性独特，时时亮剑与敌人决斗的神气人物说："全国解放后，我还当兵，不当兵，我还会干啥？"细思量，干啥，爱啥，一辈子干好啥，容易吗？

高先生天生会写文章？李云龙天生会打仗？高先生和李云龙们的成就，与人性、人品、人格血脉相连，与追求、付出、个人禀赋息息相关！

高先生成功的秘诀，最重要的一条就是在写作实践中体会和总结。

高先生力求走出个人小圈子，一贯主张艺术家拥抱生活和人民，"追求文章合为时而著"。要求对生活敏感主动，高先生有一句耐人寻味的话："文艺不关注人民，人民怎么会热爱文艺？"

高先生对创作精益求精，在他看来，"创作古来费情思"，"文章得失不由天"，文章"功夫在构思"。

高先生努力追求个人风格，强调"风格就是人"。他认为"风格的形成就是发现我，认识我，塑造我的过程，风格就是一个站着的我。只有写出我的东西，才会有长久的艺术魅力和生命力"。

不间断超越自我，破茧蜕变，才会有青春不老，文思不竭；几十年海纳百川，吐故纳新，才会有白纸黑字，几百万言。

这是游戏人间、操作文字的人最应该思考的事情。

高耀山是陇原赤子，也是宁夏的骄子。

生在陇东，高先生像黄土地一样宽容和质朴。他对故乡一往情深，在他的文学作品里，无媚俗小气、无病呻吟、虚情假意。他不肆意挥霍自由，不无视约束和节制，就如黄土地一样平淡无奇。他的小说不着意设计波澜壮阔，不追求离奇情节。他的笔触关照了太多的平凡人物，普通农民。他的小说空间，留给世世代代在贫瘠土地上周而复始劳作的各色百姓。

《烟火人家》依然是一部用传统手法描写西北农村生活的小说。它以陕甘宁交界一个远离城市的村庄王原畔为背景，生动、深情、细腻地描述了这个虚构又真实的村子几十户人家的生存状态，摹状了这里的平静，这里的躁动，这里

的蜕变，这里的发展，这里的隐忧，这里的前景。

高先生所写的故事很简单。简单的故事不一定就不是好故事。《红楼梦》写的是一个公子和一群小姐的故事，《水浒传》写的是晁盖、宋江和他们的一群打家劫舍吃人肉馒头的弟兄们的故事，《西游记》写的是一个正宗的和尚与几个花和尚取经的故事，从一个角度看，简单不？简单。这虽是戏言半戏言，但正儿八经地说，许多优秀的传世小说，故事其实并不复杂。比如《老人与海》、《鲁滨孙漂流记》，有多复杂！高先生的《烟火人家》，写了一群在中国已进入小康的大背景下仍未脱贫的农民，修路、劳务输出等等的事迹，写了"三农"问题。但通过这些简单的故事的描写，作家塑造了一群鲜活的有血有肉的人物——田川、胡申、二元、七元、三元等等.写出了传统意义上的农民对这个不再传统了的社会的反思、追问，写出了农民们在大变革时代的坦然、自信与从容，写出了农民的人格、风骨与追求。王原畔村乡亲们是能跟上时代的，事实上，人类历史的长卷，一大半是农民写的。现代文明的列车，是传统的农民用双手推过来的。对于农民的尊敬流于作家的血脉，也流于作家的笔端。高先生在简单中展示了复杂、丰富与深刻。

《烟火人家》我是认真拜读了的。读时似缺少震撼，但读得很流畅自然。掩卷之后，使我陷入了长久的思考。关于中国农民问题的一种揪心之痛，许久才显现出来。高先生的小说，他简单的故事，是有后震撼力的。这是一部在喧嚣浮躁的世界产生的可以沉淀下来，为后人推崇的历史档案。

高先生的作品，包括《烟火人家》，手法传统，平淡平实平静。他没有用，大概也不愿用意识流，现代派，后现代派之类的技巧。其原因，除了他对西方文学理论与技法掌握不多不熟外，更多的，是他以为白描手法够用了，白描手法所状描的人物、生活、故事更能为人们所接受。有生活有思想的人是不屑于专玩技巧的。就如中国历史上许多的大诗人大文人，李白、杜甫、韩愈、柳宗元、苏轼，等等等等，他们的诗文明白如话，有很多流传千古的名句比白话还白话。但那却是艺术，是精神财富。相反的，新时期以来，一些生吞了西方文学理论与手法的人创作的诗文，号称与世界对接了，貌似要问鼎诺贝尔文学奖，却什么也不是，今人读不懂不想读，后人呢，也悬。没有生活没有故事没有思想的作品，不管用了西方的什么手法，不论如何搔首弄姿，故弄玄虚，如何自我标榜叫卖炒作，都徒劳无益。有了文学有了文学精神，白描也能出彩。坚持传统手法，不是因为它玄妙，而是因为它实用。用白描直叙的手法，"本色写作"，高先生保留了"生活的原汁原味和血肉气息"（《烟火人家·后记》）。

高先生的《烟火人家》，为我们展示了一幅当下中国农村的生活画卷，向我们展示了他的才情笔力，也为新时期的中国文学增添了新的内容。

愿高耀山先生的文学之树常青。

（2007年7月5日）

真实展示改革年代农民生态

——读《烟火人家》

慕 岳

王原畔是大西北黄土高原上飘散着农耕文化烟火的一个小村庄。这里世代生息繁衍的农民在公元21世纪中国改革开放奔小康的大变局中，他们的生存现状、精神追求，以及对外部世界秉持着怎样的看法？老作家高耀山的长篇小说《烟火人家》以细致入微的观察体验，淳朴真诚的语言，饱含深情的笔调，给读者作了真实而生动的描述。

这部小说是写农村、农民的，由于作家扎实、深厚的生活基础和与农民血肉相连的亲密情感，娴熟的农民语言，为读者塑造了一群真实、生动、个性鲜明，各具特色的人物形象。老村长二元，村主任田川，机智、幽默的农民诗人胡中，正直、能干的生产队长胡申，偷盗成性的八元，刁蛮泼赖的懒婆娘喜鹊，以及乡村老师田有义、七元、兰花、何半仙、田海、冯书记、文珍、杨副县长等，都给读者留下了鲜明的印象。当了30年村干部的二元，虽是退下来的干部，但一顶黄军帽，一副黑坨眼镜，一身藏蓝咔叽中山装，村里村外田间地头一晃悠，仍然是余威犹在。二元是村里的"硬茬干部"，"党指向哪儿他打向哪儿，毫不含糊"，"认死理，犟脾气，宁折不弯"，但在改革开放，观念发生巨变的年月里，他却显得保守，对农民外出务工等新事物满腹牢骚，固执于农民以种田为本。他不满上级领导的形象工程、形式主义、劳民伤财，厌恶逢迎拍马的社会风气，憎恨官员腐败，但又与小姨子私通，难割难舍，闹得家庭不和。作者对二元，写出了这个人物的复杂性。现实中的人性是繁杂的，"金无足赤，人无完人"，每一个人不同于他人的教养、阅历，生存环境都会使他形成多方面甚至相互冲突的性格特征。塑造出符合生存环境的人物性格的复杂性才能使文学形象立起来，有血有肉，性格鲜明。二元的性格折射出大西北偏僻乡村在现实与传统的矛盾冲突中一些多年担任村干部的人物的共同特征。具有某种程度的典型性。胡中是作品中一位机智、幽默、善于用顺口溜讽喻给现实生活增添乐趣的农民诗人。作者对这个人物的塑造是有着明显用意，他借胡中之口将大量流传于民间的顺口溜在不同场合恰到好处地传达出来，宣泄出人民群众对社会上不正之风、官员腐败的义愤和强烈不满，使作品产生了较强的批判意识。应该说胡中的形象体现了农民群众的正义和智慧，但也有某种观念的传声筒痕迹。小说中的八元和喜鹊是现实农村中落后农民的典型。八元被村民称为"王八"，在村子里横行霸道，为非作歹。"一年四季做贼剜窟窿，见啥偷啥，偷瓜偷果偷粮食，偷鸡偷鸭偷衣服，连女人的裤头乳罩也偷，偷得村里不安全不太平"。作者通过对八元偷羊、赌博及与金凤私通等情节批判性地展示了这一人物特性。喜鹊是王原畔村出了名的刁蛮泼赖懒婆娘，自私、懒惰、蛮不讲理于一身，作者通

过对喜鹊与金凤打架，要救济，拒出义工等情节，用富于乡土色彩的农民语言，活灵活现地描画了农村中"另类"女人的神态，颇为传神。作品中对其他人物的刻画，也着力从王原畔真实的生活出发，没有刻意拔高，在庸常小事和种种矛盾纠葛中表现人物，使人物群像不雷同，自然真实，令人信服。当然，文学艺术永远是有遗憾的，这部小说在人物刻画上由于笔墨使用较为平均、分散，几个主要人物形象不够凸显，从一定程度上消解了人物性格的丰富性。

文学应该站在时代的高峰反映生活。高耀山以敏锐的感觉把握时代的脉搏，真实而不矫饰地反映生活，使《烟火人家》散发着浓郁的时代气息。这部小说描写的是大西北黄土高原一个远离都市喧嚣的小山村，在21世纪初的几年里，中国广大农村正经历着奔小康的躁动和变化，王原畔和黄土高原上其他农村一样，在这场变革中虽然步伐显得迟缓，但也拼力向前，农民在政府的领导下，为脱贫致富奔小康的美好目标进行着艰苦的奋斗。作品中的田川、胡中、二元、七元、胡申等就是王原畔村的中坚、骨干，是农民兄弟改变生存现状，实现小康目标的带头人。他们在党的号召下，组织村民修公路、建学校、外出务工、扶贫济难、保一方平安，为新农村的建设披肝沥胆，克服重重困难，勇往直前。它真实地反映出这个时代特定的农村所经历的种种变化和农民千方百计寻找致富路径，期盼早日奔向小康的坚定态度和奋发图强的精神风貌。这正是这一时代广大农民精神的写照。小说中对王原畔村落后人物落后现象毫不掩饰地描写是作者直面现实，正视生活的创作观念的表现，它反映出在改革开放、新旧观念相互冲突，多元文化并存的特定时代，王原畔村错综复杂的现实及人性的弱点。毛泽东曾对中国农民有一句著名的话："严重的问题是教育农民。"这部小说所展示的真实生活告诉读者，在建设社会主义新农村的进程中精神文明的建设显得多么迫急。

从某种意义上讲，文学的批判功能是作品思想深度的表现。《烟火人家》从真实的生活出发，在人物的刻画、情节的安排、民俗风情的描画等字里行间流露出对当前社会中官员的讲排场、搞形象工程、形式主义、卖官买官、公款吃喝、官僚作风，农村中的赌博、迷信、假农药、偷盗、男女关系混乱，买卖婚姻，赡养老人以及社会上高价学费，医德医风败坏，农民工欠薪等问题进行了毫不留情的曝光。作者多采用民谣（顺口溜）和讲"段子"的形式揶揄和讽刺这类丑恶的社会现象。如小说中胡中对三元说："过去干群是鱼水关系，现在是油水关系，干部下乡上午围着轮子转，中午围着盘子转，晚上抱着裙子转，工作除了催粮要款，就是刮宫流产。""机关修得像宫殿，当官的出门坐皇冠，三天两头去赴宴，泡妞赌钱是家常饭。一支烟抽掉一斤油，一顿饭吃掉一头牛，一屁股坐掉一幢楼"等，既表达了农民群众的不满，显示出他们对正义和公平的呼唤，又使读者在幽默、诙谐的美感享受中感受到强烈的批判力量。

小说的地域特色也是十分明显的，作者对王原畔村婚丧嫁娶，过年过节等民俗民风作了细致地铺陈描绘，形象地展示出陇东高原农耕文化中独具特色，传统久长的民俗风情。

《烟火人家》是一部和高耀山一样实实在在，质朴、平和、真实的书，我赞同本书前面朱昌平在《高耀山小说的后震撼力》中说的话："高先生的作品，包括《烟火人家》，

手法传统，平淡平实平静。"这正应了布封"风格即人"的经典名言。这部小说没有刻意设计大波大澜的矛盾冲突；没有挖空心思地编织诡异离奇的情节故事；没有大起大落的人物命运安排；没有着意于现代派的表现手法和技巧，而是力求像生活本身那样，用原汁原味的人物语言和朴实直白的叙述人语言表现出生活的原生态。"无法而法，乃为至法"，没有技巧是最好的技巧。正是在这种普普通通的人物刻画中，在平淡无奇的情节中，在柴米油盐、婆婆妈妈、家长里短，庸常烦琐生活的细微生动描述中，见出了人性的本来面目，生活的真实含义。应该说，这部作品是值得仔细品味，长久思索的，它的意蕴隽永、悠长而深刻。

"烟火"是生命的象征，是芸芸众生生存、繁衍、平常过日子的象征，是人间万象的象征。鸡鸣狗叫，烟火缭绕显示出农村生机勃勃的景象，《烟火人家》正是以这种平凡而真实的景象展现出中国改革开放时代这一方水土上的农民如何生存和发展的。

（2007年9月16日）

时代需要铁证

——读《烟火人家》

闵生裕

上个世纪五六十年代，以赵树理为代表的一批写农村题材的现实主义作家被文学界调侃为"山药蛋派"。他们作品都涉及农村生活，再加上他们都喜欢用"土得掉渣"的乡土语言，这一流派的作品坚持现实主义的创作方法和口语化的写作特点，追求生活的真实，反映生活中的矛盾和问题。

去年，银川市文联推出的"文学银军"丛书，文学"老青年"高耀山先生带着长篇小说《烟火人家》，与一帮文学新青年闪亮登场。高耀山先生是一位本色作家，如果给他的这部小说的写作风格归个类，我以为，还是"山药蛋派"。文学创作的手法、技巧需要丰富变化，然而，那毕竟是技术范畴，文学还有许多需要坚守的东西，在这一点上，"高老头"赶不了那个时髦，但我却钦佩守望者的忠实。

我们常说，艺术源于生活而高于生活。然而，现实主义是"山药蛋派"的本质特征和灵魂，高耀山的《烟火人家》的最可贵之处在于，他用现实主义的长镜头将王原畔这个在现代化进程中几乎被遗忘了的村庄拉到了我们的眼前。我们

发现，高耀山笔下的农民尽管从未放弃对美好生活的奋斗和追求，但他们活得还很辛苦，很艰难。小说真实得让我们怅惘，让我们心痛。我之所以能与高先生共鸣，因为他的小说还原了我对乡土最真实的认识。近年来我写了一些不成样子的反映家乡的散文随笔，写完后，自己觉得很颓废。在全民奔小康，全国上下建设社会主义新农村的大背景下，我的家乡还是如此凋蔽，似乎不符合主旋律。但这是残酷的现实，我们不该回避。高耀山的《烟火人家》不失为时代的铁证。

高耀山的小说虽然叙事平淡，但也有冲突，有纷争，作者不游移，不粉饰，直面乡土。朱昌平先生在本书序言中说高耀山的小说简单故事的后震撼力，他强调了"有了文学精神，白描也能出彩。"这便是真实的力量。其实，《烟火人家》震撼之处恰在于真实。甚至从某种意义上说，他的"山药蛋"比真正的"山药蛋派"作家的作品还要土，还要真。因为时代在变化，社会在进步，半个世纪后的今天，作家在创作时的禁忌比当时要少得多，表达要更自由更本真。而语言的发展变化又为他的"山药蛋"注入了新的味道。谚语、俚语、俗语就不说了，直刺时弊的段子文学也出现在他的小说中。

小说以粗茶淡饭式的铺叙，正如王原畔人家充满人间烟火的平淡与真实。有当官从政的，有外出做生意的，打工的，也有更多的留守者。但是在观念上却不时发生着冲突。比如说二元与兰花的分歧不仅在夫妻感情，更主要的是观念。一个要在外谋发展，一个热土难离，不动老窝。胡申的妻子在北京当保姆，干得不错，常往家里寄钱，但也有许多在外打工碰壁的。离乡与固守本来就存在着矛盾。

胡中这个人物是真正的民间评论家，他的嘴有点贫，但小说中对现实社会以及王原畔村的臧否，全部由这张贫嘴完成。"现如今家家盖新房，户户有余粮，还有票子存银行。土农民身上穿的毛料子，嘴里吃的肉臊子，屋里吊的灯泡子，怀里揣的大票子，行走骑的是钢豹子（摩托）"。这些反映部分农民对生活变化的满足。当然，也有对现实的批判："机关修得像宫殿，当官的出门坐皇冠，三天两头去赴宴，泡妞赌钱是家常饭。一支烟抽掉一斤油，一顿饭吃掉一头牛，一屁股坐掉一幢楼"。对身边人物的评判也常常挂在嘴上，对年轻人的行为他也有看不过眼的。

高耀山的本色在于对故土的眷恋，对故乡的真情。他对乡土的熟稔成就了他笔下的人物。这是老作家的一部怀土力作。高耀山怀着浓浓的乡情写这篇小说，没有生与死的大主题，没有爱与恨的大波澜，他只告诉幸福的人们，在我的家乡还有人这样真实而辛苦地生活着。王原畔一个个鲜活的人物就是他的父老乡亲。《烟火人家》相当于一幅风俗画，它向我们展示了王原畔生动的风情民俗，这种原生态的东西让我倍感亲切。

小说似乎有头没尾，有始无终。其实作者不过截取了王原畔村寻常生活的一个断面，不要什么高潮，也不设计什么大结局，因为平常的生活就是这样，毕竟中国亿万农民真实生活还要继续。

时代需要铁证。作家不能放弃责任。

（2008年11月5日）

当代中国农村改革的时代画卷

——读《烟火人家》

康秀林

老乡、同学加兄弟的高耀山又一部佳作——《烟火人家》，随着宁夏"文学银军"丛书付梓，以耀眼的光辉显现于陇原大地，奉献于家乡父老。在接到他从银川市民族北街翠竹园寓所寄来大作的当天，我即如饥似渴地认真拜读起来。掩卷静思，回味无穷，浮想联翩。心里有很多很多话想说，怎奈自己学浅识寡，不知从何说起和重点说什么。思量再三，还是从《烟火人家》的突出特点和风格，谈谈自己一些不成熟的看法。

《烟火人家》正如作者在本书《后记》中所说："取材王原畔村的几十户庸常人家，聚焦一群平凡而普通的农民，在原生态的基础上，按照生活的本来面目，'细针密线'地描写，来实现我的意图。"他的"意图"或者创作目的是什么呢？就是为了很好地反映当今中国一个"远离城市的村庄"——王原畔普通农民平凡的生活，在原生态的基础上，描写他们的喜怒哀乐，大苦大累，奋进追求，聪明才智，勤劳淳朴和谦恭礼让，以及狡黠欺诈，奸猾懒惰，愚昧固执。

读罢，最大的感受是作者将这个远离城市的村庄的一群人写活了。写活了他们，也就给读者展现了一幅当今中国农村立新求变的时代画卷。

朱昌平先生在《高耀山小说的后震撼力》中形容耀山是一位"精神矍铄，永远不知疲倦的老先生"，又说他是"文坛常青树"。我认为，这是对耀山既形象又确切的评价。从表面看，他身高体瘦，貌不惊人；然而，却精神矍铄，目光炯炯有神，如松柏挺拔。我戏称他是秦琼的马——有内膘。在他的身上充分体现了环县人民"特别能吃苦，特别能拼搏，特别能奉献，特别能创新"的精神。在当前，经济的发展，物质的繁荣，利益的多元，观念的变化，追求的多样，直接或间接的影响着人们对文学的关注程度，许多作家激情衰减，丧失信心，迷失自我。试想，此时还有几人对文学像耀山这般痴迷呢？尽管他自谦地说："我除了写点东西，还能干啥？"其实，选择了文学，特别要把文学做好，除了"写"，再无能力、无精力去干其他事。因为文学这条路实在太坎坷、大艰难、太辛苦了。难怪冯骥才先生说："选择文学，就是选择一条最苦的路。"

文学这条路既然很苦，为什么有人还要选择它呢？鲁迅先生说："创作总根于爱。"诗人艾青说："为什么我的眼里常含泪水，因为我对这片土地爱的深沉。"爱，是一切事业成功的基础，是文艺创作的灵魂，是选择文学之路，攀登文艺创作高峰的精神支柱和强大动力。一个文学工作者，只有对文学无限深情的爱，才不管其道路多么艰险，写作多么辛苦，生活多么清贫，都会不遗余力、坚定不移、毫不犹豫地将文学这辆蹒跚在崎岖山路上的重车，一步一步拉向无限

风光的顶峰。虽然辛苦，却乐在其中。

《烟火人家》是耀山继其长篇小说《风尘岁月》、《激荡岁月》后的一部反映描写西北农村生活的小说。这三部小说堪称西北农村生活"三部曲"。它以陕甘宁交界一个远离城市的村庄王原畔为背景，生动、深情、细腻地描述了这个虚构又真实的村子里几十户人家的生存状态，摹状了这里的平静、躁动、蜕变、发展、隐忧及发展前景。它的最大特点，亦是成功之所在，有以下三点：

一、乡土气息浓郁。耀山是农民的儿子，他自小生在农村，长在农村，对农民最了解，对农村生活体验最深刻。拜读《烟火人家》，一股浓郁的乡土味扑鼻而来，沁人心脾。小说中的人和事，好像就在我们眼前和身边，就是环县农村昨天或今天所发生、所见到的。不但不感到是虚构，而且倍感真实亲切。从小说所塑造的几十个有血有肉，性格各异的人物，如二元、三元、七元、田川、胡申等，既可看出当前环县偏僻农村农民群众愚昧保守，见事迟，不开放的一面，又可看出他们不甘落后，穷则思变，锐意改革，向往新生活的一面。这在已进入"小康社会"的城里人看来不可思议，但在环县这块古老而偏僻的土地上，不仅王原畔，还有张原畔、李原畔、赵原畔等等，人们的思想情绪，居住状况，婚丧养育，民情风俗，亦大体相同。说实话，我虽然生在农村，长在农村，工作一直没离开环县，但对"三农"问题，可以说是熟视无睹，身在庐山不识庐山真面目。《烟火人家》将环县当下农村风貌和农民群众的生存状态，一幕幕呈现在读者面前。尽管耀山先生自谦地说："全是油盐柴米，烦烦琐琐，婆婆妈妈，扯不断理还乱的家长里短，人物普普通通，语言土里土气，窑洞房子也还是那样的简陋。"
然而，这正是他一贯"尊重生活，贴近现实"，"原汁原
味"，"原生态"，按照生活的本来面目反映现实，进行创
作的基本原则，或称之为"本色写作"。也正如朱昌平先生
点评的那样："高先生的作品，包括《烟火人家》，手法传
统，平淡平实平静，他没有用，大概也不愿用意识流，现代
派，后现代派之类的技巧。"这种"平淡平实平静"、"原
生态"、"原汁原味"的写法，在"现代派"、"后现代
派"看来，可能有点"土气"。然而，这正是耀山《烟火人
家》这部小说的一大特点，乡土气息浓郁。

二、地域特点明鲜。前面说了，《烟火人家》是反映当
下农村现实生活的佳作。开卷作者即将读者引入他所取材的
陕甘宁交界一个偏僻村庄王原畔。在省城工作多年，现已退
居二线的三元回到阔别的家乡，他远远看见那个"挑着水担
闪闪悠悠从村南小路上走来"的人，好像就是他堂兄二元。
他上前与堂兄在村庄的路边寒暄了几句，便一同来到二元
家。一进门，作者便对二元家室状况进行了细腻的描写：

"三元转着看二元的家室，屋里家具落满了灰尘，冰锅
冷灶，土坑上放一个铺盖卷，炕桌上烟灰缸塞满烟蒂……屋
里还有一样贵重物件，八仙桌上摆着一台电视机，罩着漂亮
的机套。二元走过来一把揭掉机套，叭地打开，说：'信号
不好，画面不清，杂音大'……二元用巴掌重重拍了一下，
噪音马上小了，图像还是不清。二元说：'看不成，聋子的
耳朵摆设'。"这段对二元家室惟妙惟肖"细针密线"地描
写，逼真地再现了20世纪90年代至本世纪初环县农村大多数
群众家庭居室的真实状况。

　　另外，从民情风俗的描写，突出地域特色。俗话说，"十里乡俗不一般"，作者用相当大的篇幅，浓墨重彩，"细针密线"地对王原畔民情风俗进行了翔实地描写，读之，不仅不感到多余累赘，而且感同身受，如历其境。如，王原畔丧葬祭祀中的"拉哭场"，就是由参加丧事的人将哭灵的人一个一个往起扶；"领（灵）羊"，在家祭时，牵公羊两只，先牵一只于灵前，代表死者与众亲友"搭话"，当众人将猜度死者的心愿话说出后，羊即摆耳、抖毛，算说准；继而牵另一只于灵前，代表死者与众孝子"搭话"……"领（灵）羊"毕，众孝子恸哭以悼亡灵。"家祭"是环县丧事最隆重、最关键的一项程序，亦是半农半牧区农村丧事独特的祭祀活动。在陕甘宁农村"领（灵）羊"后咏唱的"安魂词"，更为独特。歌词的内容悲哀婉转，咏之催人泪下。词曰：

月儿初升夜一更，
儿孙亲友祭亡灵；
今夕一去不复返，
叩拜洒泪送一程。

月升中天夜三更，
祈祷亡人诉心声；
千言万语难开口，
羔羊抖擞慰亲人。

月儿西斜天五更，
亡灵上路要西行；

奈何桥上回头望，

亲人悲痛欲断魂。

三、语言本色新鲜。《烟火大家》的语言乍读起来，似乎有点土气，尤其小说中所刻划描写的众多人物，大部分都是些"八字不识一撇"的"土包子"。他们的言语，都是未经加工修饰原汁原味的"土话"。我认为，这正是这部佳作语言本色新鲜之所在，也是作者深入生活，体察民情，将自己融入人民群众，与群众打成一片，血肉相连，息息相关，农民儿子本色之所在。这种"白描手法"下的人物、生活、故事，更贴近实际、贴近群众、贴近生活，更能为人民大众所接受，所喜爱。

"白描手法"运用起来并不那么简单，没有丰富的创作经验，没有一定的驾驭文字的能力，没有深厚的文学功底，很可能就写成了寡淡无味的流水账。耀山小说语言，包括小说中人物的对话，具有鲜明的地方特色。如小说开头写三元退居二线还乡与堂兄二元的一段对话：

二元放下正在挑水的扁担，握住三元的手，仔细端详，说："老了，老了。"三元也说二元："老了，老了。"

二元问三元："啥时候回来？"答："昨儿。"又问："告几天假？"答："我已申请提前退二线了，自由啦。"二元说："自由了好，无官一身轻。"

当三元想替二元挑水时，他坚持说："不不，这活不好干，扁担闪不起来，水会溢光的。"兄弟回到窑室正拉家常间，突然进来一个小伙，对着三元瞅瞅，惊喜地说："啊，是三哥！"三元蹙一下眉头，想不起来，疑惑地问："你，你是……"小伙抢先说："我是七元嘛。"三元很吃

阅读留言

惊，说："哎呀，七元长成了大小伙，哪有从前掉鼻涕娃的影子。"七元不好意思地笑了。这段故人相见情景的"白描"，实在是太朴实、太真切、太精彩了，把故人相逢时"欢笑情如旧，萧疏鬓已衰"、"乍见翻疑梦，相悲各问年"那种欢笑和感慨，疑梦疑真的情绪描写得生动传神。

戏剧评论家王勉先生说："语言是各个剧种形成和生存的最根本的基础之一。"他这里所指的"语言"，是从"话、言语"这个意义上讲的，譬如普通话，陕西话，河南话，四川话，陇东话等等。作为小说的语言，是体现乡土、地域特色的重要标志之一。就一个省来说，各县市的语言，亦不尽相同，一般都有一个独特的语助词。如庆阳市各县，庆城县（原庆阳县）人说话前的语助词"扁（bian）"；镇原县人说话前的语助词"嘈（cao）"；宁县人说话前的语助词"卡（qia）"；环县人说话前的语助词"求（qiu）"，等等。于是，人们戏称扁庆阳，卡宁县，嘈镇原，求环县。

《烟火人家》巧妙地使用了环县与陕甘宁交界一带群众的方言土语，不用别人介绍，翻开小说一看就知道写的是环县的人，环县的事，环县农村干部群众的精神风貌。

总之，耀山的《烟火人家》，是一部乡土气息浓郁、地域特点突出、语言本色新鲜，原汁原味反映当前农村现实生活的好作品。为我们展示了一幅当代中国农村立新求变的时代画卷，同时也展示了作家的艺术才华，为新中国文学增添了新的内容。

愿耀山随着宁夏"文学银军"前进的步伐，走向全国，进军世界，创作出更多无愧于伟大时代的精品力作。

（2009年8月20日）